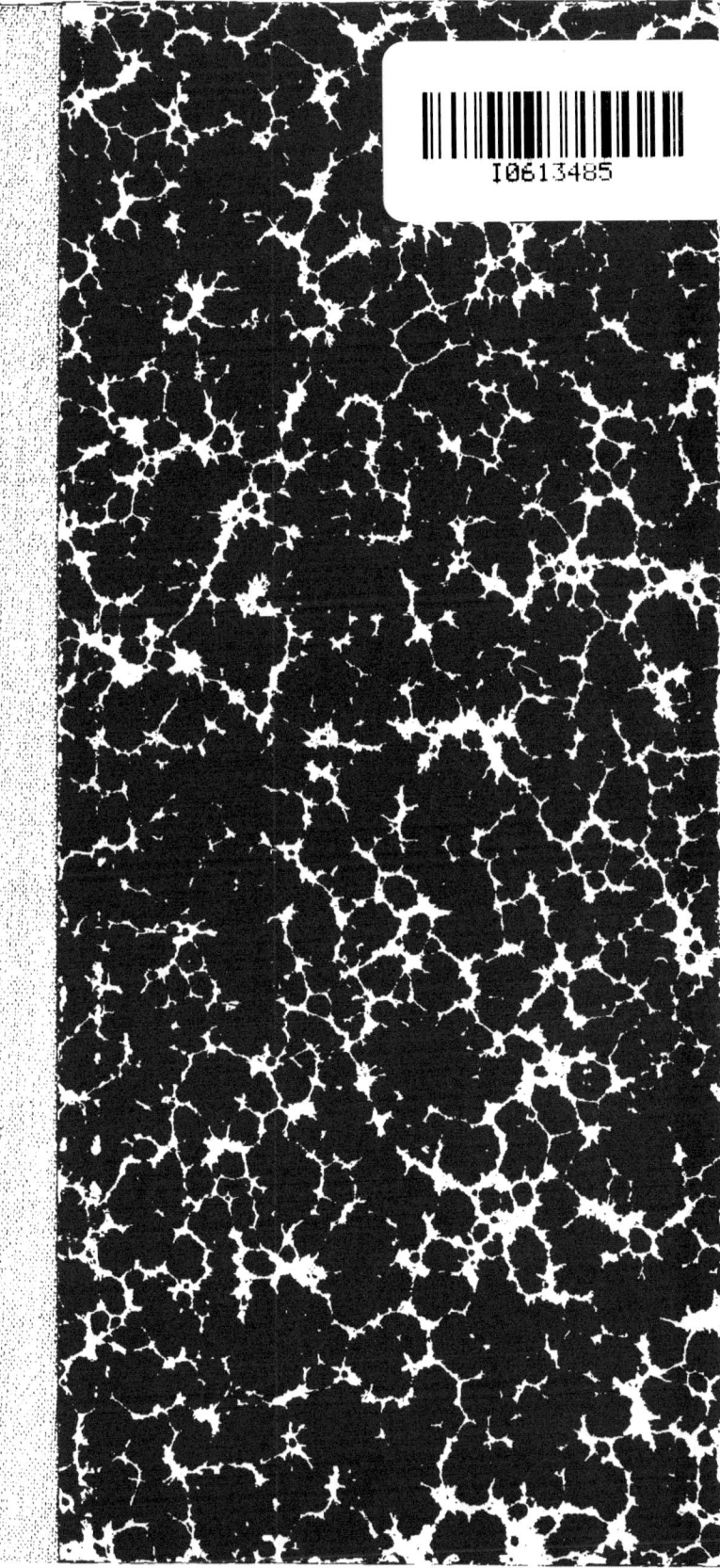

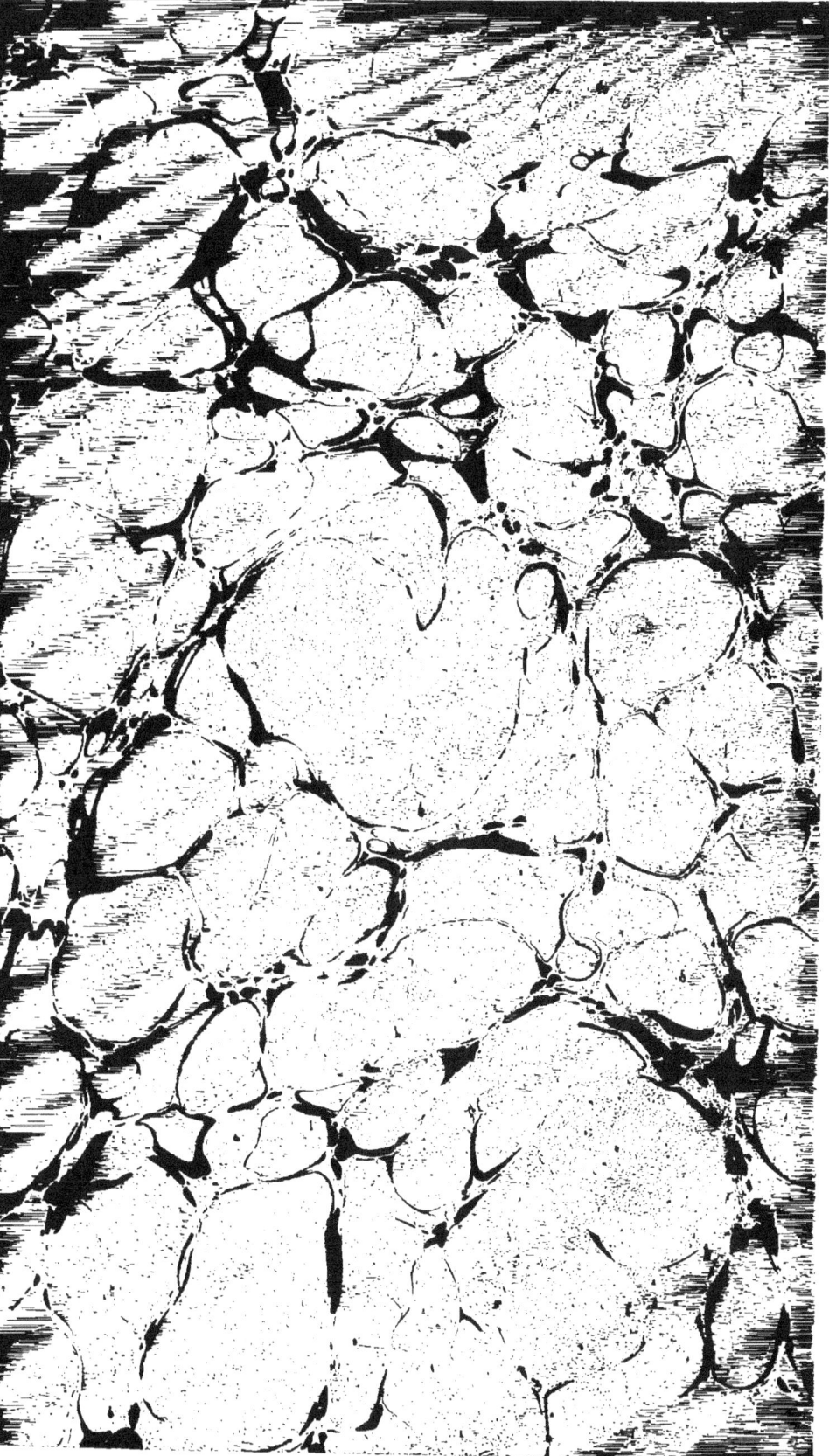

BIBLIOTHÈQUE

MORALE ET LITTÉRAIRE

(IN-8° 2ᵉ SÉRIE)

MAURICE DE SAXE

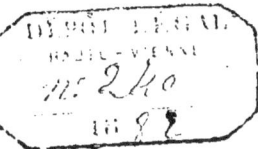

MAURICE DE SAXE

OU LE

HÉROS DU SIÈCLE DE LOUIS XV

PAR

LE BARON DE ***

LIMOGES

Marc Barbou et Cie, Imprimeurs-Libraires

Rue Puy-Vieille-Monnaie

—

1882

1

Maurice, comte de Saxe, naquit à Dresde, le 19 octobre 1696. Il était le fils d'Auguste II, électeur de Saxe, et d'Aurore, comtesse de Konigsmarck. Aurore avait autant d'esprit que de beauté. Elle présida à l'éducation de son fils ; elle lui inspira cette noble ambition qui a fait les rois et formé les héros.

Dès ses plus jeunes ans, le comte de Saxe se distingua dans les exercices propres à lui fortifier le corps ; on vit éclore en lui, avec la raison, cette passion pour la gloire qui l'a toujours gouverné ; il sentit, dès-lors, la nécessité d'étudier les grands hommes, pour le devenir.

Il n'avait pas douze ans que, sans rien dire à sa mère, il alla
à pied joindre l'armée des alliés devant Lille. Auguste, roi de
Pologne, y servait en qualité de volontaire. C'est dans la guerre
de Flandre qu'il fit ses premières armes ; et il les porta contre
la France dans ces mêmes champs où dans la suite il combattit
si avantageusement pour son service. Ardent à s'instruire sous
de grands maîtres dans l'art militaire, il se trouva à plusieurs
opérations intéressantes de ces campagnes.

Après la prise de Mons, le comte partit pour Saxe ; il alla ser-
vir, le printemps suivant, au siége de Riga, sous le czar Pierre Ier.
Cette place s'étant rendue, il rejoignit l'armée des alliés en
Flandre ; elle faisait le siége de Béthune.

Le comte de Saxe était toujours dans la tranchée ; le prince
Eugène, informé qu'il s'exposait trop, lui donna cette belle
leçon, qu'il ne fallait jamais confondre la témérité avec la
valeur.

La prise de Béthune fut suivie de celles de Saint-Venant et
d'Aire.

Cette campagne étant finie, le comte de Saxe retourna à Dresde. Il n'y fut pas long-temps ; une brouillerie survenue entre sa
mère et un des principaux ministres du roi Auguste, le décida
à aller passer l'hiver avec elle à l'abbaye de Quedlimbour.

Charles XII, défait par les Russes à Pultawa, s'était retiré à
Bender, sur les terres du grand-seigneur ; il engagea la cour
ottomane à déclarer la guerre à la Russie. Pierre Ier, obligé de
se défendre contre les Turcs, eut une entrevue avec les rois de
Pologne et de Danemarck, ses alliés ; ces deux princes se chargèrent de la guerre de la Suède.

Le roi Auguste ayant permis au comte de Saxe de servir en
Poméranie sous ses ordres, il se trouva à la prise de Trétow ; il

joignit ensuite les troupes qui faisaient le siége de Stralsund, et passa à la nage sous le feu des retranchements des Suédois ; trois officiers et plusieurs cavaliers furent tués à ses côtés.

Les Saxons et les Danois, obligés de lever le siége de Stralsund, finirent la campagne par la prise d'Usedom, qu'ils remirent aux Prussiens.

Ce fut au retour de cette campagne que le roi Auguste donna au comte de Saxe l'agrément de lever un régiment de cavalerie, et d'en choisir lui-même les officiers. Le comte de Saxe préféra aux plaisirs de Dresde celui de former ce nouveau corps ; il le mit en état de servir la campagne suivante dans le duché de Brême ; les Saxons et les Danois y prirent Strade avant l'arrivée du comte de Steinbock, général des Suédois.

Ce général ayant marché à eux avec douze mille hommes, dont la moitié était de cavalerie, les Saxons et les Danois, quoique plus forts que lui, repassèrent l'Elbe ; Steinbock les poursuivit dans le duché de Mécklembourg, et leur livra bataille. Après trois heures d'une mêlée vive, les Danois et les Saxons furent enfoncés.

Le comte de Saxe chargea trois fois à la tête de son régiment ; sa conduite et sa bravoure lui valurent les éloges du général suédois.

Les troupes saxonnes étant entrées en quartier d'hiver, le comte de Saxe se rendit à Dresde ; sa mère avait eu la permission d'y revenir. Son régiment, totalement détruit à Gadelbush, ayant besoin d'être recruté et exercé, le comte de Saxe fut quelque temps sans servir : sa mère profita de ce repos pour lui faire épouser la comtesse de Loben, fille de condition, riche et aimable ; il n'avait pas de penchant pour le mariage ; le nom de Victoire, que portait la comtesse de Loben, le décida.

Le roi Charles XII partit de Turquie le 1ᵉ octobre 1714 ; il arriva à Stralsund le 22 novembre, entre trois et quatre heures du matin ; il trouva son royaume si épuisé d'hommes et d'argent, que, sentant l'impossibilité de rien entreprendre, il se contenta de faire travailler aux fortifications de Stralsund.

Le comte de Saxe, destiné à servir en Poméranie sous les ordres du comte de Walkerbath, commandant des troupes saxonnes, partit secrètement de Dresde à la fin de janvier 1715, pour aller joindre son régiment de cavalerie; il n'était accompagné que de cinq officiers et de douze valets.

La confédération de Sandomir subsistant toujours, les Polonais du parti opposé au roi Auguste faisaient une guerre cruelle aux troupes saxonnes. Ces circonstances obligèrent le comte de Saxe de s'arrêter à Léopold, et d'y attendre une escorte; cependant le bruit s'étant répandu qu'il y avait une trève entre les troupes de Saxe et les confédérés, le comte de Saxe crut pouvoir continuer sa route. Il se trouva à l'entrée de la nuit dans le village de Crachnitz; il se loga dans un carthemar, espèce de bâtiment à peu près semblable à ceux qu'on appelle caravansérails en Turquie.

Les Polonais, en étant informés, détachèrent huit cents cavaliers ou dragons pour l'enlever ; ils comptaient que c'était le maréchal comte de Flemming qu'ils savaient devoir venir par la même route. Le comte de Saxe était à peine à table, qu'on l'avertit qu'il entrait beaucoup de cavalerie dans le bourg, et qu'elle défilait de son côté. Dans l'impossibilité de défendre tous les bâtiments de son logis avec dix-huit personnes, il abandonna la cour; et occupa les chambres du premier étage ; il plaça deux ou trois de ses valets dans chacune, avec ordre de percer le plancher pour tirer sur ceux qui entraient dans celles du rez-de-chaussée.

Comme il pouvait demander du secours à ses gens par

l'écurie; il se mit avec le reste de son monde. A peine avait-il fait ces dispositions, que les Polonais l'attaquèrent ; ils enfoncèrent d'abord les portes d'en bas , mais les premiers entrés ayant été tués, ceux qui venaient après, craignant le même sort, abondonnèrent cette attaque, pour monter dans les chambres qu'ils voyaient n'être pas gardées ; leur dessein était de fusilier, par le plancher de celles-ci, dans celles où il y avait du monde. Le comte de Saxe ne pouvait s'y opposer ; et, les ayant suivi avec ce qu'il avait d'officiers, il les passa au fil de l'épée. Malgré cet échec, les Polonais tentèrent une seconde attaque ; le comte de Saxe, quoique blessé d'un coup de feu à la cuisse, les chargea avec le même succès ; ils n'osèrent s'exposer de nouveau, et ayant investi la maison par de petits postes, ils envoyèrent un officier sommer le comte de Saxe, avec menace de le brûler s'il ne se rendait. Le comte de Saxe avait de fortes raisons de leur échapper ; il cria à l'officier de s'en retourner : cet officier insistant sur ce qu'il aurait bon quartier, le comte de Saxe eut de l'inquiétude que ses offres ne tentassent les personnes qu'il avait avec lui, il se vit obligé de faire tuer cet officier.

Les Polonais ne se rebutèrent point; ils lui députèrent un dominicain, qui eut le même sort.

Le comte de Saxe assembla ensuite son monde; il leur dit que n'ayant aucun quartier à attendre pour lui non plus que pour eux, il ne voyait d'autre parti que de sortir à la faveur de la nuit ; que les petits détachements qui les investissaient ne pouvant être secourus sur-le-champ par le gros de leurs troupes, on les forcerait aisément ; et que, si on réussissait à gagner le bois, qui n'était qu'à quelques pas de la maison, la retraite serait assurée.

Cette proposition ayant été approuvée du plus grand nombre, il sortit avec quatorze hommes ; il rencontra d'abord une garde qui avait mis pied à terre ; elle ne pouvait s'imaginer qu'une poignée de gens fût capable d'une telle résolution. Cette garde fut chargée l'épée à la main et mise en fuite; le comte de Saxe, ayant le passage libre, gagna le bois et la ville de Sandomir, où il y avait garnison saxonne.

Le szar de Moscovie, le roi Auguste, les rois de Danemarck et de Prusse, et celui d'Angleterre, en qualité d'électeur d'Hanovre, avaient fait une ligue offensive et défensive contre le roi de Suède. La guerre lui fut déclarée, et le comte de Saxe y servit en qualité de colonel. Dès qu'elle fut terminée, il revint à Dresde. C'était au mois de janvier 1716.

Devenu oisif par les ouvertures de la paix que fit Charles XII, il alla voyager dans différentes cours du Nord; le ministre du Nord; le ministre du roi Auguste, avec qui sa mère et lui n'avaient jamais bien vécu, étant toujours en faveur, profita des circonstances pour faire licencier le régiment du comte de Saxe. Dès qu'il en fut informé, il revint à Dresde; il se plaignit si vivement au roi Auguste des mauvais procédés de son ministre, que craignant d'être arrêté et envoyé dans le château de Konigstein, il monta un des meilleurs chevaux de l'écurie du roi, et se retira dans une des terres de sa femme, à vingt lieues de Dresde; la comtesse sa mère ayant obtenu son pardon, il ne fut absent que peu de jours; de retour à Dresde, il s'ennuya de l'inaction où il se trouvait.

L'empereur était en guerre avec les Turcs; le comte de Saxe fit demander au roi Auguste la permission d'aller servir en Hongrie; ce prince, en la lui accordant, voulut bien se charger des frais de son équipage.

Le comte de Saxe arriva au camp, devant Belgrade, le 2 juillet 1717; il y fut reçu par le prince Eugène, avec la distinction due à son mérite et à sa naissance; il trouva dans cette armée le comte de Charolais et le prince de Dombes, princes du sang de France. Ils étaient venus, comme lui, faire cette campagne comme volontaires.

Le comte de Saxe, curieux de s'instruire, suivait le prince

Eugène dans toutes ses tournées : il marchait aussi, autant qu'il lui était possible, avec les détachements qui allaient à la guerre.

La campagne finie, le comte de Saxe se rendit à Fraustadt, en Pologne. Le roi Auguste, son père, l'y décora de l'ordre de l'Aigle-Blanc ; revenu à Dresde, il y menait la vie du monde la plus désagréable, par la mauvaise humeur de son épouse, dont les reproches sans fin le fatiguaient. Cette mésintelligence continuelle lui faisait détester sa maison ; le ministre, qui le haïssait, ne cessant de son côté de le desservir, il n'allait à la cour que le moins qu'il pouvait, et seulement par bienséance ; ces chagrins et ces dégoûts lui firent prendre la résolution de voyager en France : à son arrivée à Paris, il fut présenté au duc d'Orléans, régent du royaume. Le comte de Charolais et le prince de Dombes lui avaient souvent parlé des talents du comte de Saxe : ce prince lui proposa d'entrer au service de France, avec le grade de maréchal-de-camp ; il l'accepta, mais sous la condition que le roi Auguste son père l'y autoriserait ; non-seulement ce prince y consentit, mais encore il lui accorda une augmentation de pension, et la cessation de quelques biens confisqués. Il concerta en même temps avec son épouse, et de l'agrément du roi Auguste, les moyens de faire rompre son mariage ; ce qui n'était pas difficile dans la secte luthérienne. La dissolution ayant été prononcée, sa femme épousa un officier saxon. Le comte de Saxe eut toujours pour elle les égards les plus marqués.

Le comte de Saxe, de retour à Paris, fut chargé du commandement du régiment d'infanterie allemande de Gréder ; il s'attacha à former ce corps sur les principes que son expérience lui avait fait juger les plus avantageux pour le bien du service

La France était en paix avec les autres puissances ; le comte de Saxe profita de ce loisir pour étudier les mathématiques ; la continuité de ses services ne lui avait pas permis de s'en instruire ; il y devint si profond, que, dans les sièges dont il a été chargé, c'était lui qui dirigeait les travaux des tranchées ; il voyait souvent les officiers savants dans la tactique, et entre autres le chevalier Folard, qui nous a donné un commentaire sur Polybe. Il passait ainsi son temps à l'étude de l'art de la guerre, à exercer son régiment, et à faire des voyages à Dresde, lorsqu'il dut paraître avec plus de distinction sur le théâtre de l'Europe.

Ferdinand de Ketler, duc de Courlande, brouillé avec ses sujets, s'était retiré à Dantzick ; il fut attaqué d'une maladie sérieuse en décembre 1725. Il était d'ailleurs âgé de soixante-dix ans ; la république de Pologne n'attendait que sa mort pour réunir ce duché à la couronne.

Les Courlandais, alarmés de ce projet, songèrent à le préve-nir ; ils savaient la haute considération dont jouissait le comte de Saxe ; dans la confiance aussi que le roi Auguste, son père, le protégerait, ils jetèrent les yeux sur lui pour l'élire pour leur duc ; la négociation fut ménagée par le baron de Brackel, leur résident à Varsovie : le comte de Saxe y était arrivé au commen-cement de 1726. Après plusieurs entretiens avec le baron de Brakel, le comte de Saxe fit un voyage à Riga, sous le prétexte des prétentions qu'il avait en Livonie, du chef de sa mère ; il vit secrètement à Mittau Anne Iwanowna, duchesse douairière de Courlande. Cette princessse, seconde fille du czar Iwan Alexis, frère du czar Pierre Ier, était veuve sans enfants, de Frédéric Guillaume, duc de Courlande, et oncle du duc régnant ; d'après ses conditions avec le duc de Courlande, elle se donna tous les mouvements possibles pour faire réussir son élection à l'insu du roi régnant; elle engagea la noblesse de Courlande à publier des universaux, pour que les Etats du pays s'assemblassent le 26 juin, afin d'aviser aux moyens de conserver la Courlande dans ses immunités et libertés. Le duc Ferdinand, sollicité par la Pologne, protesta contre cette assemblée. Malgré les manœu-vres contraires, le comte de Saxe fut unanimement élu, le 28 juin, successeur du duc de Courlande, au cas que ce prince mou-rût sans enfants mâles; on lui en expédia le diplôme le 5 juillet.

Mais l'opposition de la Pologne et de la Russie l'empêchèrent de profiter de son élection.

Le roi de France, ayant lieu de se plaindre de la conduite de l'empereur au sujet de la Pologne, s'allia avec les rois d'Espagne et de Sardaigne pour lui faire la guerre. Le comte de Saxe fut nommé pour servir dans l'armée qui s'assembla sur le Rhin, sous les ordres du maréchal de Berwick. Il passa ce fleuve en bateau, le 12 octobre 1733 avec vingt compagnies de grenadiers et deux mille fusiliers; il devait favoriser la construction de deux ponts qu'on jeta au-dessus et au-dessous du fort Kel. Les habitants du pays, alarmés de l'arrivée des troupes françaises, prirent la fuite. Le comte de Saxe les fit revenir, sur l'assurance qu'on ne ferait aucun désordre. L'armée ayant achevé de passer le Rhin le 14, le fort Kel fut investi le même jour. Tout étant disposé pour le siège de cette place, on ouvrit la tranchée la nuit du 19 au 20. Les impériaux ne s'attendaient pas à être attaqués ; ils ne purent d'abord se servir de leur artillerie; la nuit du 21 au 22, leur feu fut très-vif; il continua de même la nuit suivante; le comte de Saxe était de tranchée, il eut un capitaine de grenadiers tué à côté de lui.

Le 26 , au soir, on brusqua l'assaut ; mais les travaux n'étant pas perfectionnés, on remit l'attaque à la nuit du 28 au 29. Le commandant de Kel ne l'attendit pas ; il arbora le drapeau : sa garnison, composée de douze cents hommes de troupe de l'empire, sortit avec les honneurs de la guerre et deux pièces de canon.

Kel pris, le maréchal de Berwick envoya le chevalier de Givry avec six bataillons et un régiment de dragons, pour rétablir le pont d'Huningues. L'armée marcha ensuite sur deux divisions ; celle que conduisait le maréchal de Berwick arriva, le 5 novembre, vis-à-vis le Fort-Louis ; l'autre, aux ordres du duc de Noailles, se rendit le même jour à Stoloffen. Le 11, l'armée du maréchal de Berwick commença à repasser le Rhin, pour se rendre dans ses quartiers d'hiver : il resta seulement dix bataillons dans l'île du Marquisat, pour achever les ouvrages destinés à projeter le pont qu'on y avait jeté.

Le projet était d'ouvrir la campagne suivante par le siége de Philisbourg ; pour donner le change à l'ennemi, plusieurs bataillons et escadrons marchèrent du côté du Luxembourg ; le comte de Saxe y battit, avec deux cents dragons, l'escorte d'un convoi considérable destiné pour cette place ; il servait sous les ordres du comte de Belle-Isle.

Dans une des expéditions de cette guerre, le comte de Saxe, ayant attaqué un château défendu par neuf cents hommes, le prit, et y trouva un magasin de vivres. Il reçut, peu de jurs après, la nouvelle que le roi l'avait nommé lieutenant-général de ses armées.

Envoyé, le 12 septembre, à Bebrach avec douze cents hommes d'infanterie et de cent dragons, il força les troupes impériales d'abandonner le poste de Volfach, et fit sommer les magistrats d'Horneberg de lui fournir les fourrages dont il avait besoin ; ils se croyaient à portée d'être soutenus du prince Eugène ; sur leur refus, il leur fit dire que, si dans vingt-quatre heures on ne les lui envoyait, il mettrait la ville au pillage ; cette menace lui en procura plus qu'il n'en avait demandé. Le comte de Saxe, s'étant porté sur Inderguelen, petit bourg éloigné de deux lieues de son camp, quatre cents fantassins impériaux et autant de cavaliers, qui y gardaient un gros magasin, y mirent le feu à son approche, mais il réussit à l'éteindre. Ces expéditions faites, il revint à Bebrach et à Zell ; ces deux postes, et ceux d'Haslach et de Gengenbach, protégeaient les fourrages que l'armée faisait en avant ; les impériaux, en sentant l'importance, firent inutilement leurs efforts pour en déloger les Français. Le comte de Saxe, étant averti que deux cents de leurs hussards s'étaient avancés jusqu'auprès d'Haslach, marcha à eux avec un détachement de grenadiers ; il les joignit à une demi-lieue de Zell, et les obligea de se retirer dans la forêt Noire ; il tua de sa main le commandant de ces hussards, cet officier lui ayant donné un coup de sabre qui eût été mortel sans sa calotte de fer.

La campagne finie, le comte de Saxe se rendit à Fontainebleau ; les maréchaux d'Asfed et de Noailles y étaient arrivés avant lui. Ils avaient rendu compte au roi de ce qui s'était fait dans la campagne; Sa Majesté témoigna publiquement au comte de Saxe la satisfaction qu'elle avait de ses services. Il ne se distingua pas moins dans une seconde campagne.

La paix étant faite entre l'empereur et la France, le comte de Saxe songea à faire la sienne avec le roi de Pologne. Son refus, en 1733, de commander les troupes saxonnes, lui faisait craindre d'en être mal reçu. Il profita du départ du marquis de Livry, pour l'accompagner à Dresde. Le marquis de Livry avait été étroitement lié avec le roi de Pologne, lorsqu'il était prince royal ; il ménagea au comte de Saxe le retour des bontés du roi Auguste. Ce monarque le combla de nouvelles grâces.

Le duc Ferdinand de Courlande étant mort sans enfants, en 1737, le comte de Biren, favori de l'impératrice de Russie, fut élu duc de Courlande, malgré les efforts du duc de Saxe pour s'y opposer. Obligé de renoncer à cette souveraineté, il revint en France, où il s'occupa plus que jamais de l'art de la guerre. Ce fut pour lors qu'il fit ses *Rêveries* : cet ouvrage intéressant, l'abrégé de presque toutes les parties de l'art militaire, ne lui coûta que huit jours de travail ; preuve certaine de ces connaissances profondes et de ces grands talents qu'il a développés si avantageusement dans la suite.

Le comte de Saxe retourna à Dresde sur la fin de 1739. Une chute de cheval, dans une chasse à Mauritzbourg, lui ayant fracassé le genou, la blessure qu'il avait reçue à la défense de Crachnitz se r'ouvrit ; on lui conseilla d'aller aux eaux de Balarue. Il partit de Dresde en avril 1740. Il profita de ce voyage pour voir Toulon. L'amiral Mathews était en station devant ce port, où il bloquait la flotte des Espagnols : le comte de Saxe lui fit demander la permission d'aller le voir à son bord. Il y fut reçu au bruit de toute l'artillerie des vaisseaux anglais, et traité splendidement à dîner.

La mort de l'empereur Charles VI troubla la paix dont jouissait la France; Marie-Thérèse d'Autriche, fille aînée de cet empereur, épouse du grand-duc de Toscane, réclamait toute la succession des États de son père, en vertu de la Pragmatique-Sanction. L'électeur de Bavière prétendit que la Haute-Autriche et la Bohême lui étaient dévolues. Il demanda des secours à la cour de France, qui s'engagea à lui en fournir. Le roi d'Espagne et l'électeur de Saxe faisaient valoir aussi des droits sur les Etats héréditaires de la maison d'Autriche; ils entrèrent dans cette alliance. Le roi de Prusse s'y joignit dans la suite : ce prince demandait une partie de la Silésie. Il entra, le 16 décembre 1740, dans cette province, et s'y empara de quelques places, et entre autres de Bressaw et du Grand-Glogaw Les Autrichiens ayant marché à lui, il les battit à Molwitz; sa victoire fut suivie de la prise de Brieg.

L'impératrice de Russie était morte en 1740; elle avait nommé, pour lui succéder, le prince Jean de Brunswick-Lunebourg, son neveu, sous la régence du duc de Biren. Ce régent, ayant indisposé les tribunaux du pays, fut arrêté, la princesse Anne fut déclarée tutrice de son fils et régente de l'empire de Russie. On nomma en même temps des commissaires pour instruire le procès du duc de Biren. Ce duc fut condamné à mort; cette peine fut commuée en un exil en Sibérie.

Le comte de Saxe, informé de la disgrâce de ce duc, se rendit à Dresde; il tenta vainement de faire revivre ses prétentions sur le duché de Courlande. Le bruit ayant couru que la Russie destinait ce duché à un prince de Brunswick, le comte de Saxe chargea le baron de Dieskau, gentilhomme saxon, qui lui était très-attaché, d'aller à Pétersbourg solliciter en sa faveur; mais, n'y ayant eu que des refus, Dieskau se rendit à Mittau. La noblesse s'y était assemblée pour l'élection d'un duc. Le baron de Dieskau protesta solennellement, de vive voix et par écrit, contre tout ce qui pourrait se faire au préjudice du comte de Saxe. Le prince Ernest Ferdinand de Brunswick Bévern, beau-frère de la grande-princesse Anne, fut élu le 14 juin 1741; le défaut d'investiture du roi de Pologne, et la révolution qui arriva peu après en Russie, conservèrent ce duché au duc de Biren.

Le traité d'alliance et de secours entre l'électeur de Bavière, le roi de France et le roi d'Espagne qui se faisait fort pour le roi des deux Siciles, ayant été ratifié, quarante mille Français passèrent le Rhin au Fort Louis et à Lauterbourg, du 15 au 21 août, sur six divisions : ils marchèrent sur le Danube, comme auxiliaires de l'électeur de Bavière. Le maréchal de Belle-Isle devait commander cette armée sous l'électeur. Le comte de Saxe, destiné à y servir, conduisit la première division de la colonne de droite; ses troupes étant arrivées à Donavert, l'infanterie y fut embarquée pour arriver promptement à Passau.

Le comte de Saxe faisait l'avant-garde avec les deux régiments de dragons du Mestre-de-Camp et du Dauphin, celui des hussards de Rasky, huit compagnies de grenadiers et quatre compagnies franches; il apprit, en arrivant à Waldsée, que les ennemis étaient en bataille de l'autre côté du village au nombre de dix-huit cents hommes; il les attaqua, les mit en fuite et leur fit des prisonniers; s'étant porté ensuite sur les bords du Danube, il s'empara de plusieurs saïques chargées de provisions.

Les plans de l'électeur le dirigeant vers la Bohême, il obtint plusieurs succès dignes de remarque.

Le comte de Saxe, s'étant emparé de Budweis, poste important sur la Moldaw, où il trouva un gros magasin de vivres, se mit en marche, le 11, avec l'électeur de Bavière; il campa, le 18, à deux lieues de Prague.

A son arrivée devant cette ville, l'électeur de Bavière en avait fait sommer le commandant; il refusa de se rendre. L'électeur eut alors le plus grand désir de tenter l'escalade : le comte de Saxe insistait sur cette entreprise. L'escalade se fit avec succès, à l'endroit de la ville nommé le petit côté, par les troupes saxonnes, et près des moulins de la vieille ville, par les troupes françaises. Cependant le marquis de Gassion attirait l'attention de l'ennemi du côté de la haute ville, en y faisant une fausse attaque.

Le comte de Saxe voyant arriver ses frères à la tête des Saxons, les embrassa ; il leur dit, en badinant, qu'il était entré avant eux, et qu'il leur apprendrait toujours qu'il était leur ainé : il était d'autant plus flatté d'avoir réussi dans la surprise de Prague, que, cent ans auparavant, le comte de Konigsmark, son grand-père maternel, avait escaladé cette ville à la tête des Suédois.

Quoique la ville de Prague eût été prise d'assaut, les ordres que donna le comte de Saxe pour empêcher le désordre, furent si bien exécutés, qu'il n'y eut pas le moindre pillage, les trois quarts des habitants n'apprirent que le lendemain qu'ils avaient passé sous une autre domination. Les magistrats de la ville, pénétrés d'un service aussi essentiel, firent présent au comte de de Saxe d'un diamant de quarante mille écus ; ils avaient fait graver sur le chaton de ce diamant : *Que la ville de Prague lui avait offert cette marque de reconnaissance de la bonne police qu'il avait tenue à la prise de leur ville.*

Cette opération intéressante ne coûta aux Français que deux soldats ; les Saxons y eurent trente-quatre hommes tant tués que blessés. On trouva dans Prague cent trois pièces de gros canon, et quantité de munitions. L'électeur de Bavière fit, le 26, son entrée dans la ville, le comte de Saxe lui en présenta les clés : la garnison prisonnière était rangée le long des rues ; les troupes françaises et saxonnes bordaient les remparts qu'elles avaient escaladés. Les drapeaux de la garnison autrichienne étaient déployés sur la place d'Armes, sous la garde de deux détachements de dragons français ; l'électeur se rendit à l'église métropolitaine, où le *Te Deum* fut chanté ; il visita ensuite les attaques, et retourna à son quartier.

Ce prince écrivit à Sa Majesté très-chrétienne la lettre la plus flatteuse sur la conduite du comte de Saxe ; il ne cessait de lui témoigner sa confiance et le cas qu'il en faisait.

Le comte de Saxe marcha, le 27, avec un détachement de trois mille hommes, pour avoir des nouvelles de l'armée autrichienne ; il se porta sur Bénischaw, et revint, le 2 décembre, avec soixante-quinze prisonniers.

Enfin, après plusieurs autres succès, l'électeur de Bavière fut proclamé roi de Bohême, le 27 décembre. Le *Te Deum* fut chanté le lendemain, et la noblesse fut admise à baiser la main du nouveau roi. Ce monarque, ayant reçu le serment de fidélité des députés des cercles de Bohême, partit pour Munich : il prit sa route par Dresde, accompagné du comte de Saxe et du comte de Rutousky.

Mais ces succès furent bientôt suivis de revers. Toutefois les alliés ne perdirent pas courage, et, parmi les siéges entrepris, il faut compter celui d'Egra, dont fut chargé le comte de Saxe.

Ayant reconnu les remparts de la place, il résolut de l'attaquer par le côté de la rivière, quoique cette partie du rempart fût défendue par un double mur et par un ravelin qui couvrait le pont. Pour dérober à la garnison la connaissance de son projet, le comte de Saxe fit faire, le 4 avril, une redoute sur le côté opposé ; il y fit paraître la compagnie franche de Galleau, afin d'y attirer l'attention des assiégés, et qu'ils ne s'aperçussent pas de l'ouverture de la tranchée : elle se fit la nuit du 7 au 8, devant le ravelin du pont. On établit, le lendemain, une batterie de quarante pièces de canon dans le boyau de la droite, dont on battit la ville la nuit suivante. Les travaux des cinq premières nuits furent poussés jusque sur les glacis ; on fit aussi une deuxième batterie de quatre pièces de canon, pour démonter le canon du ravelin. L'eau qui rentrait dans la sape ayant retardé les ouvrages, les assiégés eurent le temps de faire une coupure à la gorge de la demi-lune : ils demasquèrent, le 12, une batterie de trois pièces de canon, au-dessus du vieux château : malgré la vivacité de leur feu, on se logea, la nuit suivante, sur l'angle saillant du chemin couvert ; on travailla tout de suite à une batterie de six pièces, tant pour battre en brèche le corps de la place, que pour démonter la batterie du vieux château. Il arriva, le 13, aux assiégeants, huit cents grenadiers ou fusiliers des brigades de la marine et de Navarre; ce renfort fut conduit par le prince des Deux-Pont et par le marquis d'Aubigné. On éleva, le lendemain, deux cavaliers pour obliger les troupes qui gardaient le chemin couvert à l'abandonner ; les assiégés tentèrent, ce jour-là, une sortie où ils furent repoussés. On allongea, la nuit suivante, le logement sur la gauche, et on fit un réduit pour trois mortiers destinés à tirer dans le ravin ; on ouvrit un boyau à droite, pour s'emparer d'un fortin sur la montagne, dont le feu incommodait les travailleurs ; la sape couverte s'étant portée la nuit suivante jusqu'à la palissade, tout le chemin couvert fut embrasé ; on y établit trois batteries de deux pièces de canon de vingt-quatre livres de balles chacune, dont deux pour faire brèche à la demi-lune, la troisième pour battre en brèche un des bastions de la ville : la descente du fossé était déjà faite ; et la contrescarpe percée, lorsque le commandant d'Egra arbora le drapeau, le 19 au matin. La garnison, composée de mille soixante-douze hommes, sortit trois jours après, avec les honneurs de la guerre et deux pièces de canon, pour être conduites à Passau ; mais elle ne pouvait servir contre l'empereur et ses alliés, qu'elle n'eût été échangée ou rançonnée suivant le cartel. On trouva, dans Egra, un détachement de dragons de la compagnie franche de Galleau ; ces dragons avaient été pris, depuis quelques temps, par la garnison. Le comte de Saxe exigea du commandant d'Egra qu'il leur rendit leurs chevaux, et qu'il acquittât les frais de nourriture des officiers depuis leur détention. La prise d'Egra fit un honneur infini au comte de Saxe.

Egra rendu, le comte de Saxe partit pour Dresde; il y fut reçu de Leurs Majestés polonaises avec l'accueil dû à sa valeur et à ses talents.

Mais les alliés ne tardèrent pas à éprouver de rudes échecs; et Prague même leur fut enlevé.

Cependant le comte de Saxe était allé à la cour de Saint-Pétersbourg, solliciter la restitution d'une terre en Livonie, qui lui appartenait en commun avec le comte de Lewenhaupt, son oncle. Elle leur avait été confisquée sous la régence de la princesse Anne : il alla loger chez le marquis de la Chétardie, ambassadeur de France ; ce ministre le présenta à l'impératrice Élisabeth. Le comte de Saxe, ayant obtenu sa demande, alla joindre l'armée de Bavière, où, comme le plus ancien lieutenant général, il prit le commandement, le 9 août.

Comme le comte de Saxe n'agit, en cette guerre, que sous les ordres de généraux supérieurs, nous ne rapporterons pas en détail tous les exploits qui le distinguèrent. Nous ferons seulement remarquer qu'ils furent assez éclatants pour lui mériter la dignité de maréchal dont Louis XV l'honora à son retour à Paris.

II

Louis XV s'était abstenu jusqu'alors d'agir contre les cours de Vienne et de Londres. Ce n'est pas qu'il n'eût des raisons bien légitimes de s'en plaindre, mais sa modération et son amour pour la paix avaient prévalu. Ce prince, n'ayant pris les armes que pour soutenir les droits de ses alliés, ne voulait aucun dédommagement des frais immenses qu'il lui en avait coûtés. Animé par la pureté de ces mêmes intentions, il avait employé le commencement de l'année 1744 à des négociations.

Le roi, se voyant frustré de ses espérances de paix et insulté tous les jours personnellement dans ses sujets par ceux du roi d'Angleterre, se détermina enfin à déclarer la guerre à ce

Maurice de Saxe.   2

prince et à la reine de Hongrie. Ces deux puissances se disposaient également à la lui faire ; elles se flattaient que les Français, revenus de Bohême et de Bavière, dans un débarquement affreux, seraient hors d'état de se mettre en campagne. Quel ne fut pas leur étonnement et celui de toute l'Europe, de voir Louis XV marcher en Flandre, à la tête de quatre-vingt mille hommes, le maréchal de Coligny sur le Rhin, avec cinquante mille, dix mille sur la Moselle avec le duc de Harcourt, et vingt mille en Piémont, sous les ordres du prince de Conti.

Le maréchal de Saxe était destiné à servir en Flandre. Il aariva à Valenciennes le 20 avril. Il fit faire divers mouvements aux troupes, tant pour les rapprocher des premiers camps où elles devaient se rendre que pour donner des inquiétudes aux alliés pour leurs places du Hainault.

L'armée du roi s'était assemblée dans la plaine Cisoin, près de Lille, il en fit la revue. En bataille, sur deux lignes, elle formait deux corps séparés. Celui de la gauche, de trente-deux bataillons et de cinquante huit escadrons, avait à sa tête le maréchal de Saxe. Ce corps devait servir d'armée d'observation, pendant que l'armée du roi, de soixante-huit bataillons et de quatre-vingt-dix-sept escadrons, ferait des sièges, sous la direction du maréchal de Nouailles.

Le rendez-vous général des troupes françaises, presque sous les murs de Tournay, fit d'abord croire qu'on en voulait à cette place ; mais dans un conseil que le roi avait tenu à Valentiennes le 9, et auquel s'étaient trouvés le comte d'Argenson, ministre de la guerre, les maréchaux de Nouailles et de Saxe, le roi s'était décidé pour le siège de Menin. La prise de cette place devait assurer les subsistances à l'armée dans la Flandre autrichienne et faciliter la prise des places maritimes ; l'intention de Sa Majesté étant de suivre dans ses campagnes la méthode admirable de prendre les places de la même ligne.

Le 17 mai, le corps de troupes commandé par le maréchal de

Saxe alla à d'Ottignies, près du pont d'Espierre; il se rendit,
le lendemain, à Courtray : le maréchal de Saxe y campa sur
deux lignes, la droite à cette ville, la gauche au bourg d'Har-
lebeke, qu'il couvrait avec une brigade d'infanterie et un régiment de dragons ; deux autres régiments de dragons furent
placés à droite et à gauche du faubourg de Courtray, vers
Tournay.

Pendant que le maréchal de Nouailles assiégeait Menin, le
maréchal de Saxe marcha, avec douze cents grenadiers, autant
de fusiliers et mille chevaux, pour reconnaître le pays jusqu'auprès d'Oudenarde ; il revint par Deynse et le long de la
Lys. Un détachement de hussards, qu'il poussa jusqu'aux portes
de Gand, fit contribuer le pays situé entre la Lys et l'Escaut.
Un autre, qui fut envoyé sur le canal de Gand à Bruges, se
replia, le 31, sur le camp du roi avec un butin considérable
enlevé aux alliés.

Ce fut alors que le maréchal de Saxe commença à se servir
avantageusement des postes d'infanterie ; il en inspira le goût
aux officiers. Ils sentirent combien cette petite guerre leur était
avantageuse pour les former, ils s'empressèrent à s'y faire
employer.

Menin pris, on résolut le siége d'Ypres. Le maréchal de Saxe
avait été chargé, en attendant l'arrivée des troupes de l'armée
royale, de faire l'investissement de cette ville du côté de Zel-
lebeck.

Ypres rendu, le roi renforça l'armée du maréchal de Saxe de
dix huit bataillons et d'une nombreuse artillerie ; leur camp
fut marqué à la rive gauche de la Lys et le long de la chaussée
de Courtray à Menin. Le maréchal de Saxe avait donné ses
ordres pour palissader Courtray ; il fit réparer ses anciennes
défenses et y en ajouta de nouvelles.

Cependant les alliés s'étaient rassemblés à Ninove, au nombre de quatre-vingt mille hommes. Le voisinage des alliés n'empêcha pas le maréchal de Saxe de fourrager plusieurs fois entre l'Escaut et la Lys, jusqu'auprès du ruisseau d'Espierre. Les quinze fourrages généraux qu'il fit au camp de Courtray et sur la rive droite de la Lys furent dirigés avec des précautions si judicieuses, que l'ennemi ne put jamais les inquiéter.

Knoch et Furne éprouvèrent bientôt le sort des deux premières p'aces. Mais le roi, apprenant l'entrée du prince Charles en Alsace, y accourut, laissant en Flandre le maréchal de Saxe.

Le passage du Rhin par le prince Charles, vis à-vis les troupes impériales, pour lors à la solde de France; l'attaque de Veissembourg et du village des Picards, par les Français et les impériaux; les belles dispositions du prince Charles pour repasser le Rhin et regagner la Bohême, celles du maréchal de Noailles pour attaquer son arrière-garde; le siége et la prise de la ville et du château de Fribourg, par le roi en personne; la conquête de l'Autriche antérieure; les succès de l'infant don Philippe et du prince de Conti en Piémont, le retour en Bavière des troupes de l'empereur, fortifiées de six mille Hessois à sa solde, et douze mille Français; toutes ses opérations, qui rendront à jamais cette campagne fameuse, sont consacrées dans l'histoire générale de l'Europe et leurs détails m'écarteraient trop de celle-ci, mais je ne dois pas passer sous silence que le comte de Saxe et son armée ne furent pas moins pénétrés que les autres sujets du roi de la maladie de Sa Majesté, et du bonheur qu'eut la France de conserver un prince aussi digne d'être aimé. Ce monarque, étant tombé dangereusement malade à Metz, jamais les vœux et les prières d'un peuple pour son roi ne furent p'us unanimes: jamais nation ne témoigna un intérêt plus tendre et plus marqué pour son souverain.

Le maréchal de Saxe avait une armée bien inférieure à celle des alliés; il jugea convenable de prendre une position fovorable pour pouvoir, sans se compromettre, s'opposer à leurs entreprises. C'est, en effet, ce qu'il fit ; et cette campagne sera toujours regardée comme une de ses belles campagnes. Quelques personnes ont cherché à en diminuer la gloire, en attribuant l'inaction des alliés à leur peu d'accord ; la jalousie a beau dire, elle ne saurait s'empêcher d'avouer qu'il est aussi honorable pour un général d'armée, qu'essentiel pour le service de son prince, de contenir son ennemi supérieur en forces, ds l'empêcher de rien entreprendre, de l'inquiéter sans cesse dans ses subsistances, de lui faire périr tous les jours du monde dans une petite guerre continuelle, de vivre sur son pays, et de l'épuiser par des dépenses inutiles.

L'empereur Charles VII mourut à Munich le 20 janvier 1745. La France n'ayant agi que pour les intérêts de ce prince, il y avait lieu de croire que les puissances belligérentes se prêteraient aux propositions de paix de Sa Majesté très chrétienne : elles furent sans effet ; et ce monarque dut continuer la guerre avec plus de vigueur qu'auparavant.

Le roi, ayant déclaré qu'il irait en Flandre avec le dauphin, le maréchal de Saxe fut nommé pour commander l'armée sous ses ordres. La campagne devait s'ouvrir par le siége de Tournay. Le maréchal de Saxe, ayant reçu ses instructions, se rendit à Valenciennes le 15 avril ; il s'occupa, en arrivant, des ordres nécessaires pour l'ouverture de la campagne.

Il était hydropique, et dans le fort de sa maladie, on lui fit la ponction, le 18, à cinq heures du matin ; il ne laissa pas de travailler pendant cinq heures, dans cette même matinée, avec M. de Crémille, maréchal-général des logis de son armée, et le chevalier d'Espagne, sans qu'ils s'aperçussent de la moindre altération sur son visage. On ne sut cette première ponction que dans la suite, et lorsqu'il informa Sa Majesté du besoin qu'il eut d'en faire faire une seconde, après la bataille de Fontenoy. Dans le dessein de donner de l'inquiétude à l'ennemi pour

Charleroy et Mons, trente-sept bataillons et dix-neuf escadrons formèrent un camp sous Maubeuge.

Le quartier-général fut établi successivement à Anthoin, Vaulx, Evre et finalement à Froyenne, comme plus à portée des attaques et du quartier où le roi devait loger.

La tranchée fut ouverte devant la ville de Tournay, la nuit du 30 avril au 1er mai. Les assiégés ne s'en étant point aperçus, on avança beaucoup le travail de la première nuit; la droite de la tranchée fut appuyée au chemin de Lille, au-dessus du faubourg d'Orcq, la gauche fut poussée jusqu'au chemin d'Oudenarde. L'attaque embrassait ainsi tout le front des deux ouvrages à corne, les plus proches de la rive gauche du Bas-Escaut.

Les alliés pouvant marcher à Maubeuge pendant le siége de Tournay, le maréchal de Saxe y envoya trois bataillons des troupes de campagne. Il en mit aussi un dans Lille, trois dans Dunkerque et un dans Furne; trois autres furent attachés, pendant le siége, au service de l'artillerie.

Le 5, les Français démasquèrent huit batteries de canon et de mortiers. Le maréchal de Saxe n'avait pas voulu qu'on tirât qu'il n'y eût un feu assez considérable pour en imposer à celui de l'ennemi.

Les assiégeants ayant poussé leurs travaux jusque sur les glacis de l'ouvrage à corne, le maréchal de Saxe, au lieu d'attaquer le chemin couvert de vive force, fit élever deux cavaliers de tranchée, pour plonger l'ennemi dans le chemin couvert, et le forcer à l'abandonner.

Dès que les états généraux avaient appris que les Français étaient devant Tournay, ils avaient pressé la marche des troupes des alliés pour se porter au secours de cette place.

Leur armée s'assembla, le 28 avril, dans la plaine d'Anderlecht, près de Bruxelles; elle alla, le 30, à Lembeck. Le duc de Cumberland en était général en chef; il en fit la revue, le premier mai. Elle marcha, le 2, à Soignies; elle alla, le 5, à Cambron; elle se porta, le 7, à Mollay; elle se rendit, le lendemain, à Elignies et à Briffœuls; son avant-garde poussa jusqu'à Pippey; mais le gros de l'armée ne passa pas la Catoire. Elle s'avança, le 9, sa gauche à Maubray, sa droite sur les hauteurs de Vezon; elle avait été renforcée sur sa route de quelques régiments des garnisons voisines, et était d'environ soixante mille hommes.

Le maréchal de Saxe, ayant eu avis que les alliés avaient quitté Bruxelles et qu'ils suivaient la chaussée de Mons, s'avança de sa personne seulement, jusqu'à Leuze. Le vicomte de Chayla y campait avec vingt escadrons de cavalerie et le régiment de Grassin. Le maréchal de Saxe lui ordonna de replier sur l'armée, à l'approche des ennemis. Il envoya, le 6, au-devant de lui une brigade d'infanterie et six pièces de canon; sa retraite se fit sans être inquiétée.

Le projet du maréchal de Saxe étant de combattre les alliés sans discontinuer le siége de Tournay, la brigade d'infanterie de dauphin eut ordre, le 7, d'occuper le village de Fontenoy et de le retrancher. Le maréchal de Saxe jugeait ce poste de la dernière importance.

Sa Majesté repassa le Haut-Escaut, à neuf heures du soir, et alla loger, avec le dauphin, dans le Château de Calonne. Le maréchal de Saxe coucha à la Chartreuse. Il fut informé, en y arrivant, que l'ennemi ouvrait des marches sur Fontenoy et sur Anthoin. Il jugea, dès-lors, que ce serait sur cette gauche qu'il dirigerait ses attaques; il n'y avait pas un moment à perdre; le roi lui avait donné tout pouvoir. Il ordonna sur-le-champ qu'à la pointe du jour les troupes du centre se portassent sur la droite, et que celles de la gauche s'avançassent au centre, à l'exception de ce qu'il crut nécessaire à la gauche, pour empêcher l'ennemi de jeter du secours dans Tournay. Ces mouvements excitèrent bien des propos : les trois quartiers de l'armée étaient persuadés qu'il y avait trop de monde à la droite et au centre; que l'ennemi ferait une fausse attaque à la droite , pendant qu'il se rendrait maître des ponts du Bas-Escaut ; qu'il comblerait les tranchées, prendrait l'artillerie du siège, et mettrait l'armée française dans le plus grand embarras, en lui coupant sa communication avec Lille. Le comte de Saxe était dans le fort de son hydropisie; on disait tout haut que son mal influait sur sa tête. Il est vrai qu'on ne saurait trop se persuader l'état de langueur et presque mortel où il se trouvait; mais jamais son âme ne fut plus ferme, son jugement plus sein et son sang-froid plus admirable. Le roi ayant approuvé sa conduite, chacun se tut et obéit. On connut, par l'événement, la nécessité de sa prévoyance; on me saura gré d'en développer les motifs. Il avait une connaissance parfaite du pays; il savait que, dès que les alliés avaient passé la Catoire, il leur fallait quatre marches pour retourner sur le Bas-Escaut ; qu'ainsi n'y ayant plus rien à craindre de ce côté-là, il n'y avait que la droite et une partie du centre par où ils pouvaient venir à lui. L'ennemi y avait trois routes à sa disposition, celle de Mons, celle de Leuze et celle d'Ath. Mais, étant séparées les unes des autres par des bois et des obstacles qui ne permettaient pas de se communiquer avec la célérité nécessaire dans un combat, il fallait que les alliés attaquassent ou par le chemin de Mons ou par celui de Leuze.

Le maréchal de Saxe étant assuré qu'ils venaient **par le** chemin de Mons, séparé des deux autres par les bois de Barry, ne pouvait plus douter que le fort de l'attaque se porterait entre ces bois et l'Escaut.

Le roi avait pourvu à la victoire et à la retraite, en protégeant les ponts du Haut et du Bas-Escaut, avec des retranchements et du canon. Le pont de Calonne, par où le roi et le dauphin se seraient retirés, était défendu par trois bataillons et une nombreuse artillerie. Les ponts du Bas-Escaut devant servir à la retraite des troupes, on avait fait des ouvertures par les bois de Bon-Secours et de Breuze, pour le passage des colonnes.

Le 20 au matin, Sa Majesté se rendit, avec le dauphin, à la tête des troupes ; le maréchal de Saxe y était, il faisait exécuter les ordres donnés dans la nuit. Le roi lui avait permis de se tenir dans une voiture d'osier, à cause de son état. Il ne monta à cheval qu'au moment de l'action.

Sa Majesté s'avança pour voir la position de l'armée ennemie. Elle était campée sur les hauteurs, de l'autre côté du vallon ; un ruisseau séparait les deux armées. Les alliés avaient poussé des hussards et de l'infanterie derrière des broussailles et des haies en avant de leur droite ; les Grassins s'en étant approchés, ils se fusillèrent entre eux ; cette petite guerre dura toute la journée. Sa Majesté, ayant parcouru toute la ligne, et ne voyant nulle apparence que l'armée dût être attaquée ce jour-là, rentrait dans son quartier, lorsqu'elle vit passer des fourrageurs qui, sur le bruit d'une alerte, avaient jeté leurs trousses pour se rendre plus promptement à leurs corps. Le roi retourna tout de suite, au galop, dans la plaine d'Anthoin ; le maréchal de Saxe lui rendit compte qu'il venait d'être averti que les ennemis étaient en mouvement, que leur infanterie ouvrait des marches, et que leurs généraux faisaient les préparatifs nécessaires pour engager le combat. En effet, différents corps de leur cavalerie et de leur infanterie s'étaient déployés sur leur gauche ; ils avaient aussi avancé leur droite à deux portées de canon des troupes françaises. On aperçut en même temps le feu à quelques maisons, entre leur armée et Fontenoy ; les partis de l'infanterie française qui y étaient postés avaient ordre de brûler les maisons, dès que les ennemis s'en approcheraient. Sur ce signal, Sa Majesté fit prendre les armes aux troupes ; ce qui fut exécuté avec une diligence admirable.

Le roi, ayant appris par plusieurs déserteurs, que l'artillerie de l'ennemi n'étant pas encore arrivée, on ne pourrait attaquer ce jour-là, retourna au château de Caloune. Le maréchal de Saxe passa la nuit à la tête du camp.

Jamais le roi ne marqua plus de gaîté que la veille du com-

2.

bat : la conversation roula sur les batailles où les rois s'étaient trouvés en personne. Le roi dit que, depuis la bataille de Poitiers, aucun roi de France n'avait combattu avec son fils, et qu'aucun n'avait remporté de victoire signalée contre les Anglais ; qu'il espérait être le premier. Il monta à cheval à quatre heures du matin, pour se porter à la tête de son armée ; les gardes-du-corps étaient encore dans leur camp. Le maréchal de Saxe envoya dire au comte d'Argenson que, si le roi et le dauphin avaient passé le pont, on ne fît marcher les gardes-du-corps que quand le roi et le dauphin l'auraient repassé. Le maréchal de Saxe sentait l'importance de ne pas exposer à la destinée d'un combat incertain deux têtes aussi précieuses. Le roi et le dauphin étaient alors en deçà de l'Escaut. Le roi, s'étant fait rendre compte de ce que désirait le maréchal : « On peut, dit ce prince, faire passer mes gardes-du-corps ; car, assurément, je ne repasserai pas. » Il alla se placer près de la Justice de Notre-Dame-aux-Bois, d'où il pouvait tout voir et donner des ordres. Il ne voulut avoir auprès de sa personne que le dauphin, quelques gentilshommes et quelques gardes.

Cependant le maréchal de Saxe, visitant les postes avec son état-major et ses aides-de-camp, s'était arrêté entre Fontenoy et Anthoin ; les Hollandais se formaient vis-à-vis ; ils firent sur lui et sa suite un feu très-vif de canons et de bombes. « Messieurs, dit le maréchal aux officiers qui l'accompagnaient, votre vie est précieuse. » Il leur fit mettre pied-à-terre.

Le comte d'Argenson, de son côté, allait voir si le canon était placé : on devait en avoir cent pièces, il n'en était arrivé que soixante. Il envoya chercher le reste.

L'artillerie commença à tirer, de part et d'autre, vers les cinq heures du matin. Le maréchal de Saxe crut d'abord que les ennemis se conduiraient comme il l'eût fait à leur place ; qu'ils se contenteraient de canonner l'armée française, et que, la retenant dans sa position, ils retarderaient la prise de Tournay, et peut-être la rendraient impossible. Ils étaient postés de façon à pouvoir inquiéter continuellement l'armée française, et la combattre avec avantage, si elle venait les attaquer ; c'était le sentiment du comte de Konigsegg, qui commandait les Autrichiens ; mais le courage ardent du duc de Cumberland et la grande confiance des Anglais ne recevaient aucun conseil.

Le maréchal de Noailles étant alors avec le maréchal de Saxe auprès de Fontenoy, il lui faisait voir l'ouvrage qu'il avait fait faire, à l'entrée de la nuit, pour la communication du village de Fontenoy avec la redoute la plus près de ce poste. Il lui servit, ce jour-là, de premier aide-de-camp, sacrifiant la jalousie du commandement au bien de l'État, et s'oubliant lui-même pour un général étranger et moins ancien. Le maréchal de Saxe sentait tout le prix de cette magnanimité, et jamais on ne vit une union si grande entre deux hommes que l'amour-propre semblait devoir éloigner l'un de l'autre.

Les alliés ayant tout disposé pour attaquer les Français, les Anglais et Hanovriens débouchèrent par le village de Vezon, et les Hollandais par celui de Maubray. Les Anglais et les Hanovriens se rangèrent sur deux lignes en-deçà d'un petit ruisseau ; leur droite appuyée aux bois de Barry, leur gauche à deux cents pas en arrière de Fontenoy. Les Hollandais avaient à leur droite les Hanovriens, et s'étendaient par leur gauche, jusqu'au village de Péronne ; leur cavalerie était en bataille sur le haut de la plaine, vis-à-vis les redoutes de Bettens ; cette cavalerie avait sur son front deux batteries de canons et une de mortriers, et de l'infanterie dans un chemin creux qui coupait la plaine, entre leur cavalerie et les redoutes de Bettens : le corps de réserve de l'armée alliée était derrière leur droite, près du village de Vezon.

Un brouillard qui s'était élevé à la pointe du jour ne permettait, de part ni d'autre, de bien distinguer les dispositions des armées, et on se canonnait sans trop se voir. Le brouillard s'étant dissipé, sur les six heures du matin, on aperçut à découvert l'ordre de bataille des alliés. Le duc de Grammont était auprès de la première redoute des bois de Barry; il reçut un boulet de canon qui lui fracassa le haut de la cuisse; il mourut une heure après. On alla en rendre compte au roi, qui y parut très-sensible. Le comte de Chabannes, ayant appris l'accident du duc de Grammont, vint tout de suite du village de Rumegnies, où était son premier poste, se mettre à la tête de la brigade des gardes.

Le maréchal de Saxe, ayant pris les ordres du roi, était allé auprès de la première redoute des bois de Barry, afin de mieux examiner la droite des alliés, qui continuaient à canonner avec vivacité, sans qu'ils parussent avoir de dessein formé; il se rendit ensuite auprès d'Anthoin pour voir leur gauche. Il avait trouvé sur son chemin M. du Brocard, commandant de l'artillerie; il lui fit remarquer que le canon des Anglais incommodait beaucoup les brigades d'infanterie de Royal et de la Couronne, et la cavalerie qui était derrière elles. Pour en imposer à ce canon, M. du Brocard en fit avancer six pièces, à la tête du régiment de Courten. Cette batterie tua beaucoup de monde aux ennemis; mais elle attira un feu très-vif de celle qui tirait sur la redoute, et dont les alliés changèrent la direction. M. du Brocard fut frappé d'un boulet, et mourut sur-le-champ. C'était un officier de grand mérite : son poste était dans la tranchée, et il ne l'avait quitté que pour venir s'assurer si on avait bien rempli les ordres donnés pour la distribution du canon.

Le maréchal de Saxe se trouvait, dans ce moment, à la tête des dragons; il voyait une colonne d'infanterie hollandaise se porter aux maisons brûlées vis-à-vis de Fontenoy. Une seconde colonne d'infanterie de la même nation suivait le chemin de Condé à Anthoin, à couvert d'un rideau, tout le long d'un ruisseau de Vezon. Dès que celle-ci se montra, la batterie de la première redoute proche d'Anthoin, le canon d'Anthoin et celui de l'autre côté de l'Escaut, la firent replier en désordre.

Cependant deux colonnes de l'infanterie anglaise et hanovrienne, et une troisième d'infanterie hollandaise, s'étant avancées à la fois sur Fontenoy, ce village fut attaqué vers les neuf heures du matin ; les batteries de canon, placées sur ses flancs et chargées à cartouches, firent un merveilleux effet. La brigade du dauphin, soutenue de celle du roi, combattit avec la plus grande valeur ; elles repoussèrent les attaques réitérées des alliés. Pour favoriser l'attaque de Fontenoy, le prince de Waldeck, qui commandait les Hollandais, avait porté sa cavalerie un peu en avant ; mais le comte d'Eu, le duc d'Harcourt, le duc de Penthièvre et le vicomte du Chayla s'étant disposé à la charger avec les brigades de la cavalerie de la droite, leur contenance et le feu continuel de l'artillerie d'Anthoin et des redoutes en imposèrent à cette cavalerie. Un de ces escadrons fut emporté presque tout entier par le canon d'Anthoin.

Cependant la colonne d'infanterie hollandaise qui était près de l'Escaut s'était ralliée, et s'avançait de nouveau par le chemin de Condé ; le feu de la batterie, de l'autre côté de la rivière, le prenant en flanc, l'obligea encore de se mettre à couvert du rideau qu'elle avait sur sa droite.

Le roi observait tout avec attention ; il s'était aperçu que les efforts des alliés se dirigeaient uniquement sur Anthoin et Fontenoy, et avait envoyé ordre au comte de Lowendal de venir à la droite avec une brigade d'infanterie et une de cavalerie.

Vers les dix heures, le duc de Cumberland, voyant son projet échoué contre Fontenoy, prit la résolution de pénétrer entre les bois de Barry et Fontenoy ; il y avait un ravin profond à passer, le canon de Fontenoy et de la redoute à essuyer, et, par-delà le ravin, l'armée française à combattre.

Malgré ces obstacles, l'infanterie anglaise et hanovrienne, s'étant séparées de l'infanterie hollandaise et l'ayant laissée près des maisons brûlées, vis-à-vis de Fontenoy, formèrent trois colonnes, s'avancèrent dans l'entre-deux des bois de Barry et de Fontenoy ; leur cavalerie marchait à leur hauteur, et tout-à-fait sur la droite, entre le chemin de Mons et les bois de Barry :

mais le feu du canon de la redoute força cette cavalerie à se retirer, et on ne la revit qu'à la fin de la bataille. Le général Campbel, qui la commandait, eut la cuisse fracassée d'un boulet de canon, à côté du duc de Cumberland.

La colonne d'infanterie de la droite, composée de quatre régiments anglais, marcha à la première redoute des bois de Barry, défendue par le marquis de Chambonas ; le feu de la redoute ayant arrêté cette colonne, elle se jeta sur la droite, pour s'emparer de l'autre redoute, défendue par le second bataillon du régiment d'Eu ; le canon qui la foudroyait et la vue de la brigade irlandaise prête à soutenir la redoute l'empêchèrent d'avancer. Cependant les deux colonnes qui marchaient sur sa gauche, à mesure qu'elles arrivaient à portée du ravin, s'étendaient pour remplir le terrain, mais sans trop s'approcher de Fontenoy et de la première redoute, dont le feu, les prenant en flanc, leur tuait beaucoup de monde ; elles franchirent le ravin traînant leurs canons à bras.

Quatre bataillons des gardes françaises étaient vis-à-vis, et le terrain s'élevait à l'endroit où ils étaient, jusqu'à celui derrière lequel les Anglais et les Hanovriens s'avançaient, précédés de leurs canons. Les officiers des grenadiers des gardes-françaises, voyant paraître ce canon, montèrent rapidement pour l'enlever ; ils furent bien étonnés de trouver deux lignes d'infanterie qui le soutenaient ; ils regagnèrent promptement leurs rangs, avec perte d'environ soixante hommes.

Les Anglais n'étaient plus qu'à cinquante pas de distance : un régiment de gardes-anglaises et ceux de Campbel et de royal-écossais marchaient les premiers. Les officiers anglais saluèrent les français en ôtant leurs chapeaux ; les Français leur rendirent le salut. Milord Charles Hay, capitaine aux gardes-anglaises, s'étant avancé hors des rangs, le comte d'Anteroche, alors lieutenant des grenadiers, ne sachant ce qu'il voulait, alla vers lui.

— Monsieur, lui dit l'Anglais, faites tirer vos gens.

— Non, Monsieur, répondit le comte d'Anteroche, nous ne tirons jamais les premiers.

Les Anglais firent, dans l'instant, un feu roulant si vif et si soutenu, que les gardes-françaises et un bataillon des gardes-suisses eurent plusieurs officiers et plus de six cents soldats hors de combat, et que le régiment suisse de Courten, qui joignait les gardes-françaises, fut écrasé. Plusieurs régiments envoyés contre les Anglais souffrirent également.

Il était essentiel d'empêcher l'ennemi de tourner Fontenoy, pour cet effet, le duc de Biron plaça des grenadiers dans le chemin creux qui y aboutissait ; il mit le régiment du roi à portée de les soutenir.

Les brigades de Royal, de la Couronne et d'Aubeterre étaient retranchées derrière les monceaux de leurs camarades morts ou blessés.

Les deux lignes d'infanterie anglaise continuaient de s'avancer ; le maréchal de Saxe était à cent pas devant elle ; il examinait les moyens de s'opposer à leurs manœuvres. Il n'avait d'inquiétude que pour le roi : il lui fit dire, par le marquis de Meuse, qu'il le conjurait de repasser l'Escaut avec le dauphin ; mais on ne put jamais l'obtenir. Cependant, malgré leurs avantages, les lignes anglaises souffraient beaucoup ; leurs flancs étaient exposés au feu du canon et de la mousqueterie, tant de la redoute de la pointe des bois de Barry que des troupes françaises qui étaient près de Fontenoy. Le duc de Cumberland crut devoir resserrer ses deux lignes pour les éloigner du feu qui les maltraitait : ayant fait marcher en même temps les quatre régiments qui étaient sur sa droite et le long de la lisière du bois, il s'en servit pour fermer le vide qui se trouvait entre ces deux lignes ; il présentait ainsi un bataillon carré dont trois faces pleines ; ce bataillon, composé de l'élite de l'infanterie anglaise et hanovrienne, était d'environ quinze mille hommes. Les régiments de cavalerie de la gauche les plus à portée eurent ordre de l'attaquer. Ils le firent sans succès.

Tous les corps de cavalerie se ralliaient à cent pas, et revenaient à la charge; mais à peine se présentaient-ils devant la colonne, qu'il en sortait un feu si soutenu, que les chevaux, effrayés, emportaient les cavaliers, sans qu'ils pussent en être les maîtres. Le roi, ayant remarqué environ deux cents cavaliers dispersés derrière lui, dit au chevau-léger d'ordonnance d'aller, de sa part, les rallier, et de les ramener au combat. Ce chevau-léger s'acquitta de sa commission avec zèle et courage. Les gardes-du corps, les gendarmes, les chevau-légers, les mousquetaires et les grenadiers à cheval, s'étaient portés d'eux-mêmes sur la colonne; mais leurs chevaux, épouvantés par le feu et la fumée, se désordonnant et ne restant point en masse, leurs attaques avaient été sans fruit; quatre escadrons de la gendarmerie qui arrivaient, dans le moment, de Douai, sous les ordres du comte de Blet, brigadier, furent reçus avec le même feu roulant.

On a discuté depuis cette bataille, de quelle utilité pouvaient être ces différentes charges de cavalerie, contre une colonne formidable, qui devait nécessairement culbuter tous les corps isolés. Il convient d'expliquer quel en était l'objet. Tant que l'ennemi n'avait pas pris Fontenoy, ou la redoute, ses succès dans le centre lui étaient désavantageux, étant sans point d'appui; plus il marchait en avant, plus il exposait ses troupes à être attaquées en flanc par les Français qu'il laissait derrière lui; il était donc essentiel de le contenir par des charges réitérées; trop faibles, il est vrai, pour s'en promettre du succès, mais qui donnaient le temps de disposer l'attaque générale, qui, le prenant en tête, en flanc, devait décider le combat. D'ailleurs cet appas d'avantages continuels, dont on l'amusait, l'empêchait de réfléchir que n'y ayant d'autre moyen pour vaincre que de prendre Fontenoy ou la redoute, il devait s'ouvrir dans le centre du front de son carré, et déployer sa cavalerie dans la plaine, tandis que derrière cette cavalerie, et sous son appui, deux lignes de son infanterie se fussent portées de droite et de gauche pour envelopper la route de Fontenoy.

Cependant à l'angle des bois de Barry on faisait les mêmes manœuvres qu'à la droite ; les troupes s'avançaient d'elles-mêmes sur la colonne anglaise. Les Irlandais, qui y perdirent le chevalier Dillon, un de leurs colonels ; le régiment royal des Vaisseaux, celui de Normandie, le chargèrent à trois reprises ; les rangs entiers tombaient sans que cette masse se désunît ; elle restait immobile, faisant feu de tous les côtés quand elle était attaquée ; son canon et sa mousqueterie tirant à propos et par division, elle nourrissait un feu roulant et continuel. Le maréchal de Saxe, ayant résolu de faire un dernier effort, fit dire au comte de la Marck de sortir d'Anthoin, avec les troupes et l'artillerie qui y étaient. Il voyait la victoire ou la défaite dépendre de l'attaque qu'il allait faire, et il songeait à assurer la retraite dans le temps qu'il faisait ce qu'il pouvait pour vaincre. Il destinait la brigade du Piémont, avec les troupes de la droite qui n'avaient pas encore combattu, à protéger la retraite de l'armée, si elle était forcée à se retirer. Le duc de Richelieu arriva dans cet instant auprès du roi ; il venait de reconnaître la colonne ; il avait chargé les Anglais avec l'infanterie de la gauche, et avec les gardes du-corps ; il proposa à Sa Majesté de faire pointer du canon contre le front de la colonne, et que dans le moment que cette artillerie l'aurait ébranlée, la maison du roi et les autres troupes marchassent à la fois sur elle ; le roi approuva ce projet essentiel pour l'attaque générale qu'on disposait.

Un capitaine du régiment de Touraine, nommé Isnard, ayant aperçu quatre pièces de canon qui devaient, dans le besoin, protéger la retraite, en donna avis ; le roi chargea le duc de Chaulnes d'aller faire placer ces quatre pièces contre la colonne. Le duc de Richelieu, de son côté, courut à bride abattue, au nom du roi, faire avancer sa maison. Il se mit à sa tête avec le marquis de Montesson ; le prince de Soubise conduisit les gendarmes ; le duc de Chaulnes, les chevau-légers ; les marquis de Jumilhac et de Montboissiers, les mousquetaires ; le chevalier de Grille, les grenadiers à cheval : le comte de Blet, la gendarmerie; le tout s'ébranla à la fois, pour attaquer le front de la colonne. Le dauphin courait, l'épée à la main, à la tête de la maison du roi; on eut bien de la peine à l'empêcher d'y marcher.

Le duc de Biron s'aperçut que, les troupes d'Anthoin ayant quitté ce poste, les Hollandais faisaient des mouvements pour s'en emparer; il était de la plus grande importance de s'y opposer. Il demanda au marquis de Brancas, un officier de son régiment de cavalerie, qu'il envoya, à toute bride, au comte de la Marck, pour lui dire de rentrer dans Anthoin avec la brigade de Piémont et le canon. Le duc de Biron en fit rendre compte au roi et au maréchal de Saxe; ils lui en surent d'autant plus de gré, qu'il était essentiel de contenir les Hollandais pendant l'attaque qu'on méditait : tout annonçait d'ailleurs que les précautions pour assurer la retraite allaient devenir inutiles. Le maréchal de Saxe, malgré sa faiblesse, parcourait rapidement la tête des corps qui devaient marcher sur la colonne; il leur recommandait de ne point faire de fausses charges, et d'agir de concert.

Le comte de Lowendal venait d'arriver du mont de Trinité avec la brigade des cuirassiers; il se joignit à l'infanterie de la gauche, composée des Irlandais, des régiments de Normandie, des vaisseaux et des bataillons des gardes-françaises et gardes-suisses, qui s'étaient repliés sur la redoute de l'angle des bois de Barry. Le duc de Biron, le marquis de Croissy et d'Aulezy étaient à la droite, vis-à-vis d'eux, sur un terrain un peu élevé. Dès l'instant qu'ils virent la gauche en mouvement pour attaquer le flanc droit de la colonne, ils se portèrent sur le flanc gauche, avec la brigade d'infanterie du roi, celles d'Aubeterre, de Royal et de la Couronne. Les régiments de cavalerie qui avaient déjà chargé marchèrent en même temps sur la colonne, malgré le feu affreux qui en sortait. Les quatre canons que le duc de Richelieu avait proposé de pointer sur elle avaient déjà tiré deux fois, et y avaient porté du désordre; la brigade de la maison du roi et les carabiniers saisirent cet instant pour la percer par son front. Les carabiniers ayant malheureusement pris pour des bataillons anglais les irlandais, vêtus à peu près de même tombèrent sur eux avec furie ; les Irlandais leur crièrent : *Vive France !* mais, dans le tumulte, on n'entendait rien. Il y eut quelques Irlandais tués dans cette méprise.

Le maréchal de Saxe avait commandé que la cavalerie touchât les Anglais avec le poitrail des chevaux ; il fut bien obéi ; les officiers de la chambre chargeaient pêle-mêle avec les gardes et les mousquetaires ; les pages du roi y étaient l'épée à la main. Il y eut une si exacte égalité de temps et de courage, un ressentiment si unanime des échecs qu'on avait reçus, un concert si parfait, la cavalerie le sabre à la main, l'infanterie la bayonnette au bout du fusil, que la colonne anglaise fut foudroyée et disparut. Ce qui put s'en échapper repassa le ravin dans le plus grand désordre, laissant son champ de bataille couvert de morts et de blessés. Les Hollandais, voulant faire une diversion en faveur des troupes anglaises et hanovriennes, s'ébranlèrent dans le moment de l'attaque de la colonne ; mais l'infanterie et les dragons, qui étaient sur la droite vers Anthouin, se disposant à marcher sur eux, ils se retirèrent précipitamment, abandonnant vingt pièces de canon et leurs blessés. Ce dernier succès rendit la victoire complète.

Le roi s'étant rendu sur le champ de bataille, recommanda qu'on prît soin des blessés des ennemis, comme de ceux de ses troupes. Il fit l'honneur au maréchal de Saxe de l'embrasser, et lui ordonna d'aller prendre du repos. Ce soulagement lui était essentiel dans l'état affreux où il se trouvait, et à la suite des fatigues d'une pareille journée.

Peu de temps après, il lui accorda, pour lui et l'aîné de ses enfants mâles, les honneurs des personnes titrées. Il le gratifia, en outre, de la jouissance du château de Chambort, avec quarante mille francs de revenu sur le domaine.

Les alliés eurent environ quinze mille hommes tués ou blessés; on leur fit nombre de prisonniers, parmi lesquels plusieurs officiers de marque. On leur enleva quarante pièces de canon, et cent cinquante chariots chargés de toutes sortes de munitions de guerre; il y eut quatre à cinq mille Français, tant tués que blessés.

Les troupes françaises passèrent la nuit sur le champ de bataille, et reprirent, le lendemain, leur position dans la circonvallation de Tournay. Cette ville ne tarda pas à se rendre, ainsi que la citadelle.

III

Les alliés avaient rassemblé dans Gand de gros magasins ; les Anglais y avaient déposé leurs équipages et une grande partie de leurs munitions de guerre ; ils y avaient aussi le canon arrivé d'Angleterre, pour remplacer celui perdu à Fontenoy ; plusieurs officiers et soldats blessés y avaient été conduits ; cette place faisait leur communication avec les îles Britanniques, par Ostende et Nieuport. Comment les justifier de ne s'être pas plus occupés de sa conservation ? Le roi, instruit qu'il y avait peu de monde, résolut de s'en rendre maître, il en concerta les moyens avec le comte de Saxe ; le secret n'en fut confié qu'au comte de Lowendal, chargé de l'entreprise. Pour en dérober tout soupçon, l'armée française partit le 1er juillet, sur cinq colonnes, pour aller camper à Leuze; le roi et le dauphin marchèrent à la tête de celle du centre; l'armée séjourna, le 2 et le 3, à Leuze. Les alliés, ne voulant pas hasarder une seconde action, passèrent la Dendre le 2, à quatre heures du soir, au-dessus et au-dessous de Grammont.

La marche de l'armée française entre la Dendre et l'Escaut désignait le siége d'Oudenarde, et cachait l'expédition du comte de Lowendal. Il était parti de Leuze avec quatre régiments de grenadiers royaux et quatre régiments de dragons. Les alliés crurent qu'il n'avait d'autre objet que d'investir Oudenarde sur la rive gauche de l'Escaut. Ils se persuadèrent encore mieux par le camp de Bost, que l'armée française prit le 8. Cependant, comme ils n'avaient qu'une faible garnison dans Gand, ils firent partir ce même jour, pour cette place, un corps de six mille hommes, qui alla coucher à Ninove, et qui devait se rendre, le lendemain, à Gand. Mais un détachement français l'arrêta en chemin, et le détruisit presque en entier.

Le 10 au soir, le comte de Lowendal arriva auprès de Gand; il escalada cette ville la nuit suivante, entre la porte Saint-Pierre et l'Escaut; les remparts n'y étaient point revêtus, mais leur talus était très-roide; ils étaient d'ailleurs défendus par un fossé plein d'eau, large et profond. Les grenadiers et les dragons passèrent, et grimpèrent ensuite avec tout le courage possible: ils se rendirent maîtres de la ville, sans autre perte que celle d'un lieutenant tué et de deux dragons noyés.

On prit, dans Gand, soixante officiers et six cents soldats blessés; on s'y empara d'une quantité prodigieuse d'effets appartenant aux Anglais. Les troupes françaises qui surprirent Gand tinrent le meilleur ordre, et n'entrèrent dans aucune maison. Cinq cents Anglais se jetèrent dans le château, où il y avait une garnison de deux cents soldats autrichiens.

Le maréchal de Saxe, informé par un courrier de la prise de

Gand, chargea le marquis de Sourdis, son aide-de-camp, d'aller présenter au roi un panier cacheté : il y avait dedans une longe de veau. Gand était renommé pour les bons veaux ; le maréchal de Saxe était convenu, avec le roi, que cet envoi désignerait la prise de cette ville. A l'ouverture du panier, le roi annonça cette nouvelle aussi agréable qu'inattendue.

Le château se rendit le 15.

Les alliés, informés de la prise de Gand, avaient abandonné les bords de la Dendre, pour se replier sur Asselghem et ensuite sous Bruxelles. Les villes de Grammont, Ninove et Alost envoyèrent des députés pour se soumettre au roi. Les États de Brabant vinrent en même temps trouver M. de Séchelles, intendant de l'armée, pour convenir des contributions. L'alarme était si grande dans l'armée des alliés, que, le 18, elle passa le canal de la Senne, pour camper à Steinokesel, entre Bruxelles et le Vilvorde.

La nuit du 17 au 18, quatre compagnies de grenadiers, deux cents fusiliers, quatre cents dragons et cent cinquante hommes du régiment de Grassin, sous les ordres du marquis de Souvré, marchèrent du camp d'Estelberg à Burges. A leur arrivée devant cette ville, les bourgeois ouvrirent les portes. Oudenarde se rendit le 21.

Bientôt la perte d'Ostende et de Nieuport porta aux Anglais un coup mortel ; il ne leur restait plus de communications avec les Pays-Bas autrichiens que par la Hollande.

Ostende pris, le roi remit au maréchal de Saxe la conduite des opérations qui devaient terminer la campagne, et partit pour Paris,

La ville d'Ath ayant été assiégée, le gouverneur arbora le drapeau le 8 octobre.

Le maréchal de Saxe avait été attaqué, à Alost, d'un rhumatisme violent, qui le priva long-temps de l'usage de la main droite. Malgré son état de souffrance, il ne quitta point l'armée: on voyait, avec admiration, la même netteté dans ses ordres ; ce jugement profond qui prévoyait et combinait tous les événements; une tranquillité d'âme, qui ne cessaient d'inspirer la confiance.

Les troupes campées à Alost et dans les environs, ayant consommé les magasins de fourrages que les villages situés entre l'Escaut et la Senne avaient formés sur la Dendre, l'armée française entra dans ses quartiers d'hiver ; l'Escaut et le canal de Gand à Ostende protégèrent ceux de la première ligne. Le maréchal de Saxe logea dans Gand avec son état-major, vingt-deux bataillons et vingt-six escadrons : cette petite armée était destinée à se porter, dans le besoin, au secours des quartiers que l'ennemi pourrait attaquer.

L'armée française était séparée, et le maréchal de Saxe restait à Gand. Son séjour dans cette ville inquiéta d'abord les alliés ; ils renforcèrent leur première ligne, mais la plupart des officiers généraux et des colonels des troupes françaises étant partis, et le maréchal de Saxe ayant fait venir auprès de lui la princesse de Holstein, sa sœur, ils crurent qu'il ne continuait son séjour à Gand que pour s'y occuper du parfait rétablissement de sa santé. Pour augmenter leur sécurité, il s'amusait tous les jours à faire battre, dans sa cour, des coqs qu'il avait fait venir d'Angleterre; il disait publiquement qu'il n'irait à Paris que dans le mois de février, et lorsqu'on lui aurait fini une voiture d'une forme nouvelle, à laquelle il faisait travailler sous ses yeux. Il concertait cependant le moyen de prendre Bruxelles. Le succès en était de la plus grande importance : cette conquête devait donner un point d'appui pour se rendre maître de tous les Pays-Bas autrichiens et pour entrer en Hollande ; mais cette entreprise présentait de grandes difficultés.

Le maréchal de France destinait les troupes qui étaient dans la Flandre Française et dans les pays conquis, à marcher sur

Bruxelles ; celles en garnison dans Ath et le Hainault français devaient se porter sur Saint-Guislain, tâcher de surprendre cette place, et aller ensuite à Bitche, pour contenir, pendant le siége de Bruxelles, les garnisons de Mons, Charleroy et Namur.

Ces expéditions furent fixées au 28 décembre ; le secret n'en fut confié qu'au chevalier d'Espagnac, aide-maréchal-général des logis de l'armée, pour le détail des mouvements des troupes, et à M. de Séchelles, intendant, par rapport aux voitures nécessaires pour le transport des vivres et de la grosse artillerie, qui devait venir à Douai. Le siége de Bruxelles ne pouvant avoir lieu qu'autant que le temps se soutiendrait à la gelée, la pluie qui survint, sur la fin de décembre, en différa l'exécution : il n'y eut que les troupes de Hainaut qui marchèrent à Saint-Guislain, la nuit du 27 au 28 ; on comptait surprendre cette place au moyen des bateaux qu'on devait y introduire dans la nuit, par la Haute-Hayne ; les mauvais chemins ayant retardé la marche des troupes chargées de cette expédition, elles n'arrivèrent qu'au jour ; étant découvertes, elles ne purent rien tenter. Les ennemis, instruits du dessein qu'on avait eu, prirent des précautions pour la sûreté de Saint-Guislain, et ce projet fut abandonné.

On faisait alors, à Boulogne, toutes les démonstrations d'un embarquement de troupes pour l'Angleterre ; pour le rendre plus vraisemblable, les colonels des régiments qui hivernaient en Flandre et dans les pays conquis, eurent ordre de se rendre dans leurs corps : leur arrivée fit beaucoup de peine au maréchal de Saxe ; elle devait faire penser aux ennemis qu'on avait quelque dessein. Il les fit repartir au plus tôt.

Pour achever de dissiper les soupçons des ennemis, il ne retint point le comte de Lowendal, dans qui on savait qu'il avait une confiance particulière, et qui, ayant été nommé chevalier de l'Ordre le 1er juillet 1746, devait se trouver à Versailles, le 2 février, pour sa réception. Le temps étant de-

Maurice de Saxe.   3

venu à la gelée vers la mi-janvier, les ordres furent donnés pour la marche des troupes ; on n'avait besoin que des hommes en état de servir ; on ne prit, par bataillon, que quatre cents fusiliers, et la compagnie de grenadiers, et cent maîtres par escadron. Les troupes ne portèrent que leurs havre-sacs, du pain pour quatre jours, du fourrage pour deux, et la solde pour quinze ; elles devaient se rendre, le 27 janvier, à Dendermonde, Gand, Oudenarde, Ath, Tournoy et Maubeuge, pour en partir le lendemain. Ces six points d'assemblée ôtaient aux ennemis, ainsi qu'aux troupes, la connaissance de l'expédition projetée : les officiers généraux qui y furent employés n'en eurent le secret que la veille de leur départ.

Un corps de troupes, partant d'Oudenarde, était destiné à investir Bruxelles, par la Haute-Senne, pendant qu'un autre, venant de Dendermonde, devait s'assurer d'un passage sur le canal au dessous de cette ville, et faciliter aux troupes de la garnison de Gand les moyens de l'investir par la Basse-Senne.

La division rassemblée à Ath prenait sa route par Nivelle, où elle devait tâcher d'y surprendre les compagnies franches des ennemis, et de se rendre ensuite devant Bruxelles.

Le marquis de Brezé partait de Tournay ; il avait la conduite de la grosse artillerie, et devait arriver devant Bruxelles un jour plus tard que les autres divisions.

Un autre corps avait ordre de se porter sur Maubeuge à Bitche, avec les troupes du Hainault français, et de s'opposer à ce qui pourrait sortir de Mons, Charleroy et Namur.

Il était spécifié dans les ordres des troupes que, si le dégel survenait avant leur départ ou dans la route, elles resteraient dans leurs quartiers, et que celles qui en seraient sorties y retourneraient.

Un brouillard épais qui s'éleva le 26, à dix heures du matin, annonçait un dégel prochain. Ce contre-coup donna les plus grandes inquiétudes au maréchal de Saxe; il était à craindre que les troupes ne marchassent pas, ou que, si elles continuaient leurs mouvements, les pluies ne fissent échouer l'entreprise. Après avoir bien réfléchi sur ces inconvénients, le maréchal de Saxe se laissa aller à l'impulsion de cet enthousiasme, qui est, à la guerre, presque toujours l'oracle du succès. Il chargea le chevalier d'Espagnac d'envoyer un courrier aux chefs des cinq divisions, pour qu'ils se rendissent sur-le-champ aux destinations qui leur étaient indiquées, sans avoir égard au dégel.

Le 27 janvier, les portes de Gand furent fermées à quatre heures du soir; il fut consigné que, le lendemain, on laisserait entrer tout le monde; mais qu'il ne sortirait que les troupes, ce qui serait reconnu leur appartenir.

Le maréchal de Saxe partit de Gand le 28 janvier, et alla passer la nuit à Alost. Le lendemain, ayant trouvé sur sa route son régiment de volontaires, il s'avança avec lui, à la tête de l'infanterie que le marquis de Contades avait mise en mouvement à la pointe du jour. Toutes ces troupes, à l'exception de la brigade de la Couronne, qui resta à Asche, quittèrent la chaussée de Bruxelles, près de Strombeck; elles prirent sur la gauche, pour joindre le comte de Vaux.

Il était parti de Dendermonde, le 28, avec deux pièces de canon, un régiment de cavalerie, quatre bataillons et douze compagnies de grenadiers; il devait s'emparer, la nuit suivante, d'un passage sur le canal; mais ses guides l'ayant égaré, il ne put attaquer le 29, au jour, la redoute du Sas-des-Trois-Fontaines; il la força et y prit huit hommes.

Le maréchal de Saxe ayant joint le comte de Vaux, on travailla à un pont sur le canal et à un autre sur la Senne, sous l'appui de l'infanterie mise en bataille, près du château de Mariansart, et de la cavalerie dans la plaine d'Èvre, de l'autre côté de la Senne : on crut que c'étaient les troupes du marquis

3.

de Clermont-Galerande, qui, ayant couché à Grammont, de
vaient passer la Senne à Ruisbroëck, tourner Bruxelles et protéger le passage du canal. On le crut si bien que quelques
hussards ennemis s'étant avancés à portée de pistolet, de l'autre
côté de la Senne, on défendit de tirer dessus, dans la crainte que
ce ne fussent les hussards du régiment de Beausobre. La cavalerie en bataille dans la plaine d'Èvre était un détachement de
la garnison de Bruxelles, qui escortait le comte de Lannoy,
gouverneur de cette ville. Cet officier-général était sorti pour
s'assurer de ce qu'on n'y pouvait croire, que les Français avaient
passé le canal : il est vrai que cette expédition fut conduite avec
un secret admirable. Le maréchal de Saxe, occupé de son projet,
avait, depuis quelque temps, l'attention d'envoyer tous les jours
un détachement de hulans sur la chaussée de Bruxelles ; ces
hulans se chamaillaient avec les hussards de la garnison, après
quoi chacun se retirait de son côté, et souvent sans perte.
L'avis qu'on eut à Bruxelles qu'on avait vu des hulans sur la
chaussée n'y fut regardée que comme la patrouille ordinaire.
On ne commença à y avoir de l'inquiétude que sur l'avis que
donnèrent les moines de l'abbaye de Dieleghem, que le maréchal de Saxe s'était arrêté un instant chez eux, et qu'il marchait avec un gros corps de troupes et de l'artillerie.

La brigade de Normandie passa le canal et la Senne le 29 au
soir : son objet était de couvrir le travail des ponts, on ne put
le finir que le lendemain au matin.

Il y avait deux bataillons autrichiens dans Vilvorde ; ils laissèrent une garnison dans le château, et se retirèrent dans
Malines. Le château de Grimberghem était gardé par une compagnie franche ; elle profita de la nuit pour s'échapper.

Le 30, à dix heures du matin, douze compagnies de grenadiers et la brigade de Piémont passèrent le canal et la Senne,
et occupèrent le village d'Haeren ; cette infanterie fut suivie du
régiment de Save volontaire et de la cavalerie venue de Gand.
Pendant que cette cavalerie se formait dans la plaine d'Èvre, 'e

marquis de Clermont-Galerande vint appuyer sa droite à la gauche de cette cavalerie ; il n'avait pu arriver plutôt, ayant trouvé le ponts de Ruispoeck rompu, et avait été obligé d'aller passer la Senne à Halle. Les douze compagnies de grenadiers qui avaient marché en avant ayant repassé la Senne, s'emparèrent du pont de Laken ; la brigade de Piémont alla loger dans Scaërbeck. Le maréchal de Saxe avait fait dire au marquis de Contades de replier les ponts et de remonter le canal avec la brigade des Vaisseaux et le régiment de cavalerie des Cravattes. Les ennemis, ayant du monde dans la redoute des Trois-Tours, sous le feu de laquelle il fallait passer, on somma ce poste , cent soixante hommes qui y étaient se rendirent prisonniers ; on en prit quinze au pont de Laken. On jeta deux ponts au-dessous de celui-ci, l'un sur le canal et l'autre sur la Senne.

Le 31 au matin, la cavalerie entra dans ses cantonnements : l'infanterie occupa les faubourgs de Bruxelles.

Le maréchal de Saxe établit son quartier et le parc d'artillerie dans Laken.

La brigade de la Couronne, restée dans Asche le 20 au matin, s'était portée, à l'entrée de la nuit, dans le faubourg de Flandre, elle y rencontra un détachement de la garnison de Bruxelles , qui allait dans le château de Kockelbergh, situé près de ce faubourg : elle prit ce détachement et celui qui était dans le château au nombre de cent cinquante hommes.

Les troupes avaient marché sans tentes, tant pour qu'on ne se doutât pas de cette expédition, que parce qu'il n'était guère possible de camper dans une saison aussi rigoureuse.

Le maréchal de Saxe connaissait les faubourgs de Bruxelles il ne s'était occupé de son projet que dans la confiance qu'il pourrait loger son infanterie dans ces faubourgs et cantonner sa cavalerie dans les environs ; mais il était à craindre qu'à l'approche des troupes françaises, le commandant de Bruxelles ne mît le feu à ces faubourgs. Pour prévenir l'embarras où cela

l'avait jeté, il lui écrivit, à son départ d'Alost, que, quoiqu'il
allât dans son voisinage avec un corps de troupes, il serait fâché
qu'il brûlât des faubourgs aussi beaux que ceux de Bruxelles,
par une précaution déplacée; d'autant qu'il se pouvait que le
mouvement de ses troupes ne regardât pas cette ville; qu'au
demeurant, l'expédient de brûler les faubourgs des places ne
retardait pas beaucoup leur prise, et que, dans ce principe, il
avait défendu de mettre le feu aux faubourgs de Lille, lorsqu'en
1744, les alliés étaient venus camper tout auprès. Cette lettre
occasiona un conseil de guerre des principaux officiers de la
garnison; pendant qu'on y délibérait sur la lettre du maréchal,
l'infanterie s'établit dans les faubourgs, et y prit les mesures
convenables pour sa sûreté. Il n'y eut que les faubourgs de la
porte de Louvain, où on ne put pas loger, étant sous le feu du
rempart, et trop peu considérable pour y mettre un corps livré
à ses propres forces; on se contenta d'y établir un poste de cent
fusiliers dans une maison de pierres qu'on crénela; on fit en
même temps une redoute vis-à-vis la porte de Halle. A peine
l'infanterie française était-elle dans les faubourgs, que la ville
les canonna; le maréchal de Saxe envoya alors signifier au
commandant de Bruxelles qu'il enverrait autant de boulets
rouges dans la ville qu'il en serait tiré sur les faubourgs. Cette
menace contint le feu de la ville, et l'infanterie française fut
tranquille dans ses logements.

Le mauvais temps ayant suspendu l'ouverture de la tranchée,
on s'occupa à bien établir les communications.

Le marquis de Contade marcha à Vilvorde, le 4 au soir, par
la rive droite de Senne, à la tête de cinq compagnies de grenadiers et du régiment Royal-Dragons; trois cents fusiliers y
arrivèrent en même temps par la chaussée de Bruxelles; on
entra dans Vilvorde sans opposition, on y fit vingt-quatre prisonniers. Il y avait, dans le château, deux cent cinquante-six
hommes, et neuf pièces de canon de fonte. Le commandant,
ayant refusé de se rendre, le maréchal de Saxe envoya à Vilvorde

deux pièces de gros canon et deux mortiers : cette artillerie décida le commandant du château à capituler ; il fut prisonnier de guerre avec sa garnison. La prise de ce château était de la plus grande importance ; on ne pouvait conduire le canon devant le front d'attaque sans passer sous le feu de ce château, le terrain entre Laken et Scaërbeck étant marécageux et trop mouvant pour porter de gros fardeaux, malgré les précautions qu'on avait prises pour le rendre ferme et solide.

On fit occuper par des troupes, autour de Bruxelles, les places les plus voisines, et, la nuit du 7 au 8, la tranchée fut ouverte. La terre étant gelée, les troupes ne furent logées qu'à minuit ; encore ne put-on achever le premier parallèle. L'attaque fut dirigée sur l'ouvrage à corne de la porte de Scaërbeck.

On fut surpris de voir attaquer Bruxelles par le côté le plus fort ; mais il n'y avait que devant ce front qu'il était possible de conduire l'artillerie ; le mauvais temps n'en permettant le transport que par des chaussées, ou par des chemins ferrés.

L'arrangement pour la garde de la tranchée était combiné de façon qu'il y avait toujours assez de troupes dans les fabourgs pour repousser les sorties des assiégés.

Le prince de Valdeck était à Anvers, et le bruit courait qu'il rassemblait ses quartiers pour faire lever le siège de Bruxelles ; le maréchal de Saxe n'y voyait guère de possibilité ; mais, trop versé dans les principes de la guerre pour ne pas pourvoir à tous les événements, il avait reconnu un champ de bataille sur le ruisseau de Woluve, et fait ses dispositions pour recevoir l'ennemi sans discontinuer le siège.

Le maréchal de Saxe avait la fièvre ; il était ennuyé de la longueur du siège, que la continuation du mauvais temps rendait plus difficile et plus désagréable ; après avoir fait battre en brèche pendant quelques jours, il résolut de faire tâter l'ouvrage à corne : deux sergents et dix grenadiers devaient monter à

chacune des deux brèches, et s'y loger, si l'ennem. ne s'y oppo
sait pas.

Le 20 février, à trois heures après midi, les deux sergents
et leurs gredadiers, suivis de travailleurs, montèrent par chaque
brèche des demi bastions de l'ouvrage à corne. Dès qu'ils parurent au haut des brèches, les assiégés marchèrent sur eux. Les
sergents, au lieu de se retirer comme il leur était ordonné, se
jetèrent dans l'ouvrage, en criant: *Vive le roi !* Quatre compagnies de grenadiers et les dragons à pieds, qui étaient à la tête
de la tranchée, montèrent pour les soutenir, ils entrèrent dans
l'ouvrage, et chargèrent les assiégés jusque dans le chemin couvert. Les troupes chargées de sa défense, ayant été secourues
par la garnison, attaquèrent les grenadiers et les dragons ; elles
les repoussèrent et les obligèrent de regagner la tranchée.

Les assiégés, craignant que cette attaque ne fût le prélude
d'un assaut général, arborèrent le drapeau blanc une heure
après ; ils députèrent le prince de Stolberg et M. de Planta,
colonels, pour régler la capitulation. Les articles convenus, elle
fut signée par le comte Kaunitz-Rittberg, pour les Autrichiens,
et par le baron de Vanderduyn, pour les Hollandais.

Ce siège ne coûta aux Français que neuf cent huit hommes,
tant tués que blessés.

Le comte de Lowendal resta dans Bruxelles pour y commander. Le maréchal de Saxe envoya dans Alost un détachement de
la garnison de Gand ; ce poste était essentiel pour protéger la
communication de cette ville à Bruxelles.

Le maréchal de Saxe, de retour à Gand, s'occupa des arrangements capables de protéger sa nouvelle conquête. Il pouvait
rassembler sur la Dendre, en moins de six jours, cinquante
bataillons et cent quinze escadrons. Ces dispositions faites, il
partit pour Versailles. Le roi et la famille royale le reçurent
avec les marques de bonté les plus distinguées.

Quoique le maréchal de Saxe fût censé Français par sa dignité, par son attachement pour le roi et par son zèle pour le service de l'Etat, il n'en était pas moins étranger, suivant les lois, et sujet au droit d'aubaine. Le roi lui fit expédier, le 26 avril, des lettres de naturalisation.

3.

IV

Le roi ayant déclaré que le maréchal de Saxe continuerait de commander sous ses ordres, ce général partit de Paris le 1er avril. A son arrivée à Gand, il s'occupa des préparatifs nécessaires pour l'ouverture de la campagne.

L'armée s'assembla le 5 mai, en avant de Bruxelles. Un corps de quatre-vingts escadrons et de vingt bataillons campa, ce même jour, à Dendermonde, sous les ordres du vicomte du Chayla.

Le prince de Conti commandait l'armée du Rhin : vingt quatre bataillons et trente-sept escadrons, détachés de son armée, se rendirent à Maubeuge, le 5 mai, sous les ordres du comte d'Estrée ; ils devaient donner des inquiétudes sur Mons, Charleroi et Namur ; ils servirent, dans la suite, à faire le siége de ces places.

La cavalerie et les dragons eurent la droite du camp de Bruxelles ; on l'appuya à Tervuère. Le régiment des carabiniers ferma la gauche près d'Haëren ; le parc de l'artillerie fut placé devant cette gauche.

Les deux tiers du front du camp étaient couverts des ruisseaux de Woluve et de Wesembeck ; quatre régiments de hussards étaient sur la droite, près d'Ophem ; celui de Beausobre occupait Laken. On laissa deux régiments dans Vilvorde ; deux brigades d'infanterie et un régiment de dragons logèrent dans Auderghem et Flergat, pour protéger la communication du camp à Bruxelles.

Quinze cents hommes des alliés s'étant avancés pour reconnaître le camp de Bruxelles, on marcha à eux ; ils se replièrent sur Louvain.

L'armée des alliés campait derrière la Dyle, sa droite à Malines, sa gauche à l'abbaye de Vlierbeck, près de Louvain. Cette dernière ville tomba au pouvoir des Français, et Malines ouvrit ses portes.

Il paraissait vraisemblable que les alliés défendraient la Dyle les bords en sont marécageux ; elle reçoit d'ailleurs le Démer ce qui formait une continuation de ligne très-difficile à forcer les alliés avaient réparé Malines et Aerschot ; ils avaient élevé des épaulements le long de la Dyle, avec des communications pour défendre cette rivière : ces dispositions avaient fait juger au maréchal de Saxe que, tant qu'on ne serait pas plus en force, il serait difficile d'obliger les alliés d'abandonner la Dyle ; il avait proposé au roi de rassembler toutes les troupes sur la Ruppel, la Dyle et le Démer ; c'était le moyen d'embarrasser l'ennemi et de le rendre faible partout. Le roi, ayant approuvé ce projet, le vicomte du Chayla avait eu ordre de s'avancer au grand Villebroeck, et le comte d'Estrées, de se porter sur Tirlemont : ces mouvements faisant craindre aux alliés d'être tournés, ils abandonnèrent la Dyle, pour se retirer derrière la Nethe.

L'armée française passa la Dyle sur sept colonnes ; elle porta sa droite vers les hauteurs de Beersel, sa gauche à la Basse-Dyle. La cavalerie campa encore en seconde ligne. Les dragons et les hussards furent placés à la droite de l'infanterie. On occupa Yteghem et Ghestel sur la grande Nethe.

Ce camp, que le maréchal de Saxe était allé reconnaître, fut marqué sous la protection d'un détachement commandé par le duc de Richelieu ; cet officier-général se tint toute la journée vis-à-vis Lier et Duffel, où les ennemis avaient deux ponts. Le roi prit son quartier dans Malines ; le maréchal de Saxe logea dans le faubourg de cette ville, du côté de Lier.

Le vicomte du Chayla, à son arrivée à Villebroeck, avait fait jeter un pont sur le canal de Bruxelles. Ce pont fait, il avait mis un poste dans Heffen ; il poussa une brigade d'infanterie et une de cavalerie à Blaesvelt.

Les alliés, en quittant la Dyle, avaient laissé trois cents hussards sur les Gettes ; ces hussards, s'étant embusqués dans la forêt de Sogne, faisaient des courses jusqu'aux portes de Bruxelles. Pour assurer la communication de cette ville de Malines, le régiment des volontaires de Saxe fut cantonné dans les environs de Bruxelles, le régiment de Beausobre occupa Vilvorde.

Le même jour que l'armée française passa la Dyle, le comte d'Estrées marcha à Aerschot.

L'intention du roi était de continuer de pousser les alliés ; il chargea le maréchal de Saxe de reconnaître les bords de la grande Nethe, et les endroits propres à y jeter des ponts. Ce général, ayant appris en chemin que les alliés venaient d'aban

donner Lier et Grobbendonc, ordonna au marquis de Bercheny
d'aller prendre au camp les dragons et les hussards, et de se
porter de l'autre côté de la Nethe ; il prit, en même temps, pos-
session des villes abandonnées. L'armée passa la Nethe sur cinq
colonnes ; elle campa sur deux lignes : la cavalerie sur les ailes ;
la droite de l'armée à Lier, la gauche vers Anvers. Les alliés, en
partant de Lier, étaient allés camper entre Anvers et Eckeren ;
ils se replièrent sur Bréda par les bruyères de Braxschoten. Le
marquis de Bercheny avait marché pour attaquer leur arrière
garde ; n'ayant pu la joindre, il eut ordre de garder Broechen,
et de communiquer par des détachements avec le corps du
comte d'Estrées, qui s'était avancé à Hérentals.

Au départ de l'armée, une brigade d'infanterie du corps du
vicomte du Chayla était entrée dans Malines ; cet officier-Général fit sommer le commandant du fort Sainte-Marguerite ; il
demanda les honneurs de la guerre, qui lui furent accordés. Ce
fort pris, le vicomte de Chayla campa dans le bassin de Malines, avec trente-six escadrons seulement ; il laissa le reste de
ses troupes sur les derrières, pour la protection des convois.

Le 19, le roi porta son quartier à Bouchout, entre les deux
chaussées de Lier et de Malines à Anvers ; la brigade des gardes couvrit le quartier du roi.

Les magistrats d'Anvers vinrent le même jour faire leur sou-
mission à Sa Majesté : les alliés avaient abandonné leur ville,
après avoir jeté seize cents hommes dans la citadelle. Deux jours
après, le marquis de Brezé eut ordre de marcher avec un détachement pour l'investir. Il occupa les forts d'Austervel et de
Saint-Philippe, et l'ouvrage de l'autre côté de l'Escaut nommé
la tête de Flandre.

L'armée des alliés était alors sous le canon de Bréda ; leurs
troupes légères gardaient Hoogstraten.

Le 21, seize escadrons de cavalerie et vingt neuf bataillons formèrent la circonvallation de la citadelle d'Anvers, sous les ordres du comte de Clermont-Prince.

La tranchée fut ouverte la nuit du 25 au 26. L'attaque, dont la droite fut appuyée au pied des glacis de la porte Saint-Géry, traversait les jardins et broussailles, tout près des glacis du bastion de Tolède; elle portait sa gauche en avant du village de Kiel. Cette gauche étant sans protection, on la ferma d'une redoute. Le 31, au matin, le commandant de la citadelle d'Anvers arbora le drapeau; la capitulation fut signée le 1er juin. Le commandant rendit aussi le fort Sainte-Marie, situé sur la rive gauche de l'Escaut, vis-à-vis le fort Saint-Philippe.

Le duc de Boufflers partit, le 2 juin, du camp de Bouchout avec dix-sept bataillons et vingt-un escadrons, pour se rendre, par Malines, Bruxelles, Halle et Soignies, devant Mons.

Le maréchal de Saxe prévoyait que l'arrivée des secours qui venaient aux alliés, l'obligerait dans peu de quitter le bassin d'Anvers, il se hâtait d'en consommer les subsistances. Il se fit une chaîne depuis Schild jusqu'à Graevenwesel; il continuait le long de la petite Schyne, jusqu'à des ponts de bois près de Vyneghem.

Cependant les alliés souffraient du défaut de subsistances; leur armée d'ailleurs venant d'être renforcée d'un corps d'Hanovriens, et celle des Français s'étant affaiblie, bien des personnes s'attendaient qu'ils attaqueraient les Français; mais ils ne le pouvaient guère avec apparence de succès. Le ruisseau qui couvrait l'armée française avait ses bords marécageux; il pouvait être rendu encore plus mauvais, par le moyen des tenues d'eau; et ses avenues étaient défendues par de bons postes dont il fallait commencer par s'emparer : la seule crainte du maréchal de Saxe était que les alliés, lui dérobant une marche, ne réussissent à se placer entre lui et les troupes destinées pour le siège de Mons. Le comte d'Estrées et le duc de Boufflers avaient investi cette place.

La communication de Bruxelles avec le camp devant Mons pouvant être inquiétée par les troupes légères des alliés, à la faveur de la forêt de Sogne, le prince de Conti envoya un détachement à Braine-le-Comte et Soignies, avec huit bataillons et seize escadrons des troupes qui étaient arrivées de l'armée du roi. M. de La Graulet, commandant de Bruxelles, envoya dans Halle un bataillon de sa garnison.

Le maréchal de Saxe laissa, pour la protection d'Anvers et des forts voisins, deux brigades d'infanterie et un régiment de cavalerie. Il assura sa communication avec Anvers, par la rive gauche de l'Escaut, au moyen d'un pont sur la Durme, qu'il couvrit d'un retranchement

Le maréchal de Saxe avait donné au duc de Boufflers l'ordre de se rendre à Malines; il y campa derrière la Dyle, sa gauche tirant sur Semps; ce corps de troupes était ainsi à portée de l'armée; et protégeait le camp de Louvain; il pouvait, dans le besoin, marcher à Anvers par Dendermonde et Hamme.

Les alliés, informés que les troupes qui leur venaient d'Allemagne étaient arrivées sur la Meuse, quittèrent leur position de Ter-Heyde; ils avancèrent leur infanterie à la tête des bruyères; leurs troupes légères occupèrent Béringen et Turnouth.

La ville de Mons s'était rendue le 11 juillet, et sa garnison avait été faite prisonnière de guerre. Le prince de Conti envoya le marquis de La Fare avec six bataillons et treize escadrons pour prendre Saint-Guislaint; cette place capitula, aux mêmes conditions de Mons.

Le prince de Conti fit marcher en même temps vingt escadrons et deux bataillons à Genape, sous les ordres du comte d'Estrées, avec ordre de se concerter avec le maréchal de Saxe.

Le prince de Conti se porta avec le reste de ses troupes devant Charleroi; les alliés ayant envoyé deux régiments de hussards sur la Méhagne, ce prince fit occuper Sombreff par les volontaires royaux.

Sur l'avis qu'eut le maréchal de Saxe, que l'armée des alliés dirigeait sa marche sur Eindhoven, celle du roi, précédée de ses équipages, passa la Dyle sur quatre ponts, elle campa derrière cette rivière.

Le maréchal de Saxe jeta les ponts sur la Dyle, entre Louvain Wichmale; par cette précaution, il pouvait se porter sur les Gettes, sans s'éloigner des moyens de protéger Anvers. Pour avoir moins d'embarras dans son second passage de la Dyle, il envoya dans Louvain les gros équipages de l'armée; ceux du corps de troupes du comte de Clermont s'y étaient déjà rendus.

L'armée des alliés avait reçu ses renforts dans les bruyères de Nonderslach, entre Brey et Hasselt; le prince Charles de Lorraine, qui en avait pris le commandement, s'était avancé, sur le Démer et y avait fait jeter plusieurs ponts; il était difficile d'avoir des nouvelles certaines de ses mouvements; ses troupes légères étant répandues le long de la petite Gette, et ne laissant passer personne. Le maréchal de Saxe, l'ayant su, marcha vers eux.

La nouvelle de la prise de Charleroi décida les alliés à passer la Méhagne, pour couvrir Namur. En passant la Méhagne, ils avaient laissé leurs troupes légères près du mont Saint-André: trois cents hommes du régiment de la Morlière en battirent quatre cents des ennemis, près de Rochepaille; quelques jours auparavant, un détachement de ce régiment et une grande partie de la compagnie des Croates, avaient voulu sortir du bois des Cinq-Etoiles pour attaquer en plaine un corps de Pendours, dont le feu les inquiétait; ils avaient été enveloppés par trois escadrons de hussards. Le sieur de l'Estang, capitaine de la compagnie des Croates, fut tué dans cette action; cette compagnie, ayant été presque détruite, fut envoyée à Gand pour se recruter.

L'armée tirait ses subsistances de Louvain et de Bruxelles; la nécessité d'établir la sûreté des convois engagea le maréchal de Saxe à faire partir deux détachements pour se porter, par

Judoigne, sur Tirlemont, et de là sur Louvain ; dans le cas où les alliés occupassent l'abbaye de Ramée, ainsi qu'on le disait, ils devaient les y attaquer.

Les opérations de l'armée du prince de Conti étant terminées, elle fut réunie à celle du maréchal.

Le peu de moyens d'attaquer les alliés, tant qu'ils resteraient derrière la Méhagne, ne laissait d'autre parti à prendre, pour le déposter, que d'intercepter leurs convois. Le maréchal de Saxe, instruit qu'ils tiraient une partie de leurs vivres de la Basse-Meuse, projeta de leur ôter cette ressource. Il fit partir le comte de Lowendal, avec un gros d'infanterie et de dragons, les régiments de Grassin et de la Morlière, et une brigade d'artillerie pour s'emparer de Huy ; le comte de Lowendal y trouva quatre-vingts caissons, et quatre-vingt mille rations de pain ; il mit dans cette ville une brigade d'infanterie et le régiment de la Morlière ; il campa, avec le reste des troupes, entre Huy et Vignamont, qui fut occupé par le régiment de Grassin.

Pour soutenir le corps du comte de Lowendal, la réserve porta sa droite au château d'Otermont. Le marquis de Contades campa près de Latine, avec deux brigades d'infanterie, une de cavalerie, et une de dragons.

Toujours dans le dessein de forcer les alliés d'abandonner la Méhagne, et de les jeter de l'autre côté de la Meuse, pays stérile, où le défaut de vivres devait les éloigner de Namur, le maréchal envoya un corps de troupes dans le faubourg Saint-Gilles, à Liége. Le comte de Ségur, était resté entre Sembre et Meuse ; il eut ordre de marcher à Dinant, et de pousser des partis dans le Condroz ; les régiments de Grassin et de la Morlière devaient inquiéter la communication du pays de Limbourg ; on rompit tous les moulins de la Sambre, de l'Orneau et de la Méhague, afin d'ôter aux ennemis les facilités de moudre suffisamment de grains pour leur armée. Ces sages mesures ne tardèrent pas à réduire les alliés à la disette : il ne leur resta bientôt plus d'autre

ressource que la ville de Namur où il y avait peu de vivres.
Avant d'abandonner cette place à ses propres forces, ils voulurent obliger l'armée française à quitter la Méhagne, en s'emparant d'un grand convoi qu'elle attendait, et en ruinant les fours et les magasins de Louvain.

Le maréchal de Saxe eut avis, dans la nuit, que les ennemis venaient de détacher dix mille hommes avec du canon, et que ce corps de troupes se portait sur la Dyle. Il avait fait marcher, cette même nuit, deux détachements de six mille hommes pour enlever les troupes légères des alliés qui pouvaient avoir passé la Méhagne; il écrivit sur-le-champ aux deux officiers-généraux qui commandaient ces détachements, de se porter l'un sur Wavre, pour couper la retraite aux ennemis, et l'autre sur Judoigne: celui-ci devait, avec le corps du marquis de Clermont Galerande, se rendre à Louvain. Le commandant du détachement des alliés, informé de ces dispositions, se replia promptement sur Gembours; il envoya au grand Rosier, sur son flanc gauche, le général Trips.

Le chevalier de Saint-André, à la tête de six cents chevaux, rencontra l'avant-garde du général Trips; le 26, à la pointe du jour, il le poussa jusqu'à Ramillies, et lui prit deux pièces de canon. Le général Trips ayant jeté promptement de l'infanterie dans les haies de Ramillies, son feu vif et soutenu ne permit pas aux Français de profiter de leur premier avantage. Le détachement ennemi repassa la Méhagne.

Les alliés avaient envoyé leurs équipages de l'autre côté de la Meuse, sous la protection d'un gros corps de troupes; cette précaution et leur extrême disette annonçaient leur départ prochain. Le maréchal de Saxe se donnait tous les soins imaginables pour en être informé; il voulait, s'il lui était possible, attaquer leur arrière-garde; il avait, pour cet effet, fait jeter douze ponts sur la Méhagne.

Le maréchal de Saxe sut, dans la nuit du 29 au 30, que les

ennemis décampaient, et qu'ils allaient passer la Meuse à Andenne, Seille et dans Namur. Il envoya sur-le-champ l'ordre au marquis de Clermont-Galerande et de Bercheny, qu'il avait rapprochés la veille, de passer la Méhagne au jour, pour s'avancer sur Bourdine, pendant que le comte d'Estrées se porterait, par Falais, dans la droite du camp des alliés. Il écrivit en même temps au marquis de Contades de suivre la Méhagne par sa rive gauche, et de se joindre au comte de Lowendal.

Les corps envoyés à la poursuite des ennemis les trouvèrent de l'autre côté de la Meuse, et leurs ponts repliés: Ces corps eurent ordre de veiller sur ce qui pourrait sortir de Namur. L'armée française campa ce jour-là, la Méhagne entre les lignes: le maréchal de Saxe logea dans le château de Bref.

Le comte de Lowendal occupait la hauteur de Sart, au-dessus de Huy; position avantageuse et nécessaire pour soutenir ce poste. Le maréchal de Saxe, voulant mettre le comte de Lowendal à l'abri de toute insulte, et assurer la tête des ponts qu'il faisait jeter sur la Meuse, au-dessous de Huy, lui envoya douze bataillons de renfort. Il se rendit, le 30, à Huy, d'où il alla visiter le pays jusqu'au grand Modave. Ce château lui parut fort éloigné, il en retira les deux régiments de dragons et les compagnies de grenadiers, qui étaient sous les ordres du comte de la Suze.

Le maréchal de Saxe avait résolu, si l'armée alliée s'obstinait à rester sous Namur, de passer la Meuse et de se porter du côté de Modave, soit pour la forcer encore de se retirer faute de subsistances, soit pour l'attaquer; car il ne pouvait prendre Namur, si elle ne s'éloignait. Elle prit ce dernier parti, et dirigea sa marche par Durbuy, Auvaille et Verviers sur Dalem. Sur cet avis, le maréchal de Saxe envoya le marquis de Clermont-Galerande prendre poste à la Chartreuse de Liége, de l'autre côté de la Meuse.

La tête de l'armée des alliés ayant passé la rivière de l'Ourt, le maréchal de Saxe envoya au marquis de Clermont-Galerande trois brigades d'infanterie, une de cavalerie, les régiments de Grassin, de la Morlière, et une brigade d'artillerie. Ces troupes trouvèrent le marquis de Clermont-Galerande repassant la Meuse. Le poste de la Chartreuse n'était plus tenable, les ennemis ayant avancé un gros corps de troupes dans son voisinage. Le marquis de Clermont-Galerande campa sur les hauteurs de Liége, tout attenant le faubourg de Sainte-Valbuge; il plaça ses troupes légères le long de la Meuse.

Il était essentiel d'avoir un détachement à portée de soutenir celui du marquis de Clermont-Galerande. Le vicomte du Chayla marcha à Ance, avec la quatrième ligne, composée de la brigade de la maison du roi, de celle des gardes et du régiment des carabiniers.

La retraite des alliés laissant la liberté de prendre Namur, le comte de Ségur eut ordre d'investir cette place par la rive droite de la Meuse. Namur fut investi sur la rive gauche de la Meuse, par un détachement des troupes de l'armée. Le comte de Clermont-Prince fut chargé du siége de cette place. Tout était disposé pour l'ouverture de la tranchée; elle se fit, la nuit du 12 au 13, devant la ville. On travailla, cette première nuit, à un parallèle sur la Basse-Meuse, et à un autre vis-à-vis un ouvrage à corne, nommé *le Coquelet*, et à une grande ligne du côté de la Meuse, parallèle à la rive droite de cette rivière.

L'armée des alliés était campée entre Viset et Maëstricht. Dans l'incertitude si elle resterait dans cette position, ou si elle passerait la Meuse, le maréchal de Saxe fit jeter des ponts sur le Jaar pour l'attaquer, si elle passait la Meuse entre Liége et Maëstricht. Il ouvrit en même temps des marches derrière la gauche de l'armée pour aller camper le long du Démer, si elle passait la Meuse entre Maëstricht et Masëicht. Il fut informé, le 11, que les alliés avaient porté un corps de troupes sur la montagne Saint-Pierre. Il y marcha la nuit suivante, avec trois brigades d'infanterie et quatre de cavalerie. Ne doutant pas que ce corps avancé des alliés ne fût soutenu, il envoya ordre au vicomte de Chayla et au marquis de Clermont-Galerande de venir le joindre ; il chargea en même temps le comte de Mortagne de s'avancer à une lieue de Tongres, sur la rive gauche du Jaar, avec les volontaires royaux. Le maréchal de Saxe fut obligé de renoncer au projet d'attaquer les alliés sur la montagne Saint-Pierre ; tant parce que le corps qu'ils y avaient placé occupait le camp des Romains, camp inattaquable que , par l'avis qu'il reçut que leur armée venait de passer au-dessous de Maëstricht. Le maréchal de Saxe se contenta de faire repasser cette rivière aux pandours qui étaient en deçà, et de canonner le corps de M. de Baronnay, campé près de Viset. M. de Baronnay leva son camp au second coup de canon. Les pandours, attaqués par le marquis d'Anlezy, perdirent environ six cents hommes.

La ville de Namur se rendit le 19 septembre, et la tranchée fut ouverte en deux endroits, devant les Châteaux : l'attaque de la droite fut dirigée sur le fort Camus, celle de la gauche, sur le fort d'Orange. On poussa les travaux avec une telle activité, que la garnison arbora le drapeau le 30 septembre, elle se endit prisonnière de guerre.

La saison était avancée, et il y avait lieu de croire qu'il ne se passerait plus rien d'intéressant le reste de la campagne ; mais la démarche des alliés, de se mettre à cheval sur le Jaar, fit prendre au maréchal de Saxe la résolution de marcher à eux : il n'était pas aisé de les attaquer de front, à cause des ravins et des autres obstacles qui protégeaient la tête de leur camp. Le maréchal de Saxe résolut de les tourner par le côté de Liége. Il envoya ordre au comte de Clermont-Prince de ne laisser dans Namur qu'une brigade d'infanterie et un régiment de dragons, et de marcher avec le reste de ses troupes sur Horeille, pour se porter, par Villers-Saint-Siméon, sur le flanc gauche des alliés.

Dès qu'ils furent informés du mouvement du comte de Clermont, ils se doutèrent du projet du maréchal de Saxe, et ache-
vèrent de faire passer le Jaar à celles de leurs troupes restées
sur la rive gauche. Le maréchal de Saxe apprit, le 7, au point
du jour, qu'ils décampaient ; il donna sur-le-champ l'ordre à
l'armée de se tenir prête à marcher, il fit canonner, de droite
et de gauche du Jaar, leur arrière-garde ; on la suivit jusqu'au
village de Slings, qu'on n'attaqua pas ; le maréchal de Saxe s'é-
tant aperçu que toute l'infanterie des ennemis était derrière ce
village. Les régiments de cavalerie de Vintimille et Saint-Jal,
qui s'étaient portés avec le maréchal de Saxe sur le ravin de
Slings, passèrent, sur un ordre mal rendu, de l'autre côté du
ravin, avec un détachement d'hulans ; ils furent attaqués par
les alliés, et se conduisirent, en repassant le ravin, avec une
fermeté digne des plus grands éloges. Les volontaires royaux
en firent autant sur la gauche. M. de Châtillon, commandant
un parti à pied, s'empara, à cette gauche, du village de Glaën,
et y fit des prisonniers.

On était persuadé dans l'armée française que, les alliés ayant
passé le Jaar, on entrerait dans peu dans les quartiers d'hiver ;
le maréchal de Saxe le pensait de même ; il avait en consé-
quence travaillé au projet des siens, lorsqu'il fut informé que
l'armée des alliés s'était campée, la droite vers Houtain, la gauche à Grace, au dessus de Liége. On lui rapporta que leur camp
avait peu de profondeur, qu'il était coupé dans son centre par
deux ravins, dont l'un allant au Jaar, et l'autre à la Meuse, ne
laissaient, pour communication d'une moitié de l'armée à l'autre,
qu'une trouée très-étroite près de Melmont. Le maréchal de
Saxe eut d'abord peine à croire qu'ils eussent pris une position
aussi critique ; de nouveaux avis le lui ayant confirmé, il travailla, la nuit du 8 au 9, aux dispositions pour marcher à eux.
Il était assuré que, s'ils l'attendaient dans leur camp, il détruirait la moitié de leur armée ; il devait en résulter au moins
l'avantage de les forcer à repasser la Meuse, et de se donner

ainsi plus de liberté dans les mouvements des troupes, pour se rendre dans les quartiers d'hiver.

L'armée française, précédée de ses campements, marcha, le 10, de l'autre côté du Jaar, dans l'ordre où elle devait combattre.

L'armée des alliés, informée de cette marche, détendit son camp vers les trois heures après-midi, pour se mettre en bataille. Il s'éleva, dans la nuit, un orage accompagné d'une grosse pluie qui retarda le départ de l'armée française. Le 11, vers les huit heures du matin, le temps s'étant éclairci, cette armée se mit en mouvement, laissant son camp tendu; elle marcha sur dix colonnes, dont six d'infanterie; les réserves suivirent sur quatre colonnes; chaque colonne avait à sa tête cent travailleurs; celles d'infanterie y avaient, de plus, dix pièces de canon et quatre compagnies de grenadiers. Toutes ces colonnes marchaient à hauteur les unes des autres; elles arrivèrent, environ midi, à la vue des ennemis, dont le canon commença alors à tirer; il ne discontinua pas jusqu'au moment de l'attaque; elle ne put avoir lieu qu'à deux heures et demie.

La gauche de l'armée des alliés s'était repliée, dans la nuit du 10 au 11, sur le village d'Ancre : le corps du compte d'Estrées passa au travers du vieux camp de la gauche des ennemis pour s'approcher de ce village; un moment après, le comte de Clermont-Prince et le comte de Lowendal le joignirent; ils renforcèrent en même temps son corps de troupes de quelques brigades d'infanterie, pour le mettre en état d'attaquer le village d'Ance; ils envoyèrent l'infanterie des régiments de Grassin et de la Morlière sur la droite, avec ordre de tourner le village.

La brigade de Picardie, précédée de huit compagnies de grenadiers, aux ordres des marquis de Fiennes et de Montbarey, eut la droite de l'attaque; la brigade de Monaco sur deux lignes, aux ordres du marquis de Froulay, marcha sur la gauche de celle de Picardie; la brigade de Ségur et celle de Bourbon, formées aussi sur deux lignes, eurent la gauche de celle de Monaco. Le comte de Saint-Germain commandait les brigades de Ségur et de Bourbon; elles avaient à leur tête quatre pièces de canon, et sur leur gauche vingt pièces en deux batteries, dont une pour tirer sur l'infanterie ennemie placée sur le flanc de sa cavalerie; l'autre devait tâcher de démonter le canon des alliés. Dix escadrons étaient derrière ces deux batteries; il y avait quatorze escadrons de cavalerie en bataille sur la même ligne des dragons, et à environ six cents pas de la cavalerie ennemie. Le marquis d'Armentières, avec les troupes légères à cheval, veillait sur le flanc droit de l'attaque; il devait suivre l'ennemi dans sa retraite: le reste des troupes du comte de Clermont-Prince était à portée de soutenir les premières lignes.

L'aile droite de l'armée française était formée sur deux lignes; sa droite à peu près à la hauteur du corps de cavalerie du comte de Clermont-Prince et à peu de distance de la chaussée de Saint-Tron; elle était en face de la cavalerie hollandaise, et n'en était séparée que par un ravin occupé par l'infanterie ennemie; le centre de l'armée dépassait le village de Lontin; il avait devant lui une redoute et un redan occupés par les alliés, et, sur sa gauche, les villages de Rocoux et de Varoux; l'aile gauche et le corps détaché de la gauche, aux ordres du marquis de Clermont-Galerande, se prolongeaient jusqu'au ravin; le village de Viller-Saint-Siméon était derrière cette gauche; celui de Lier était devant elle. Le corps du comte de Mortagne bordait le ravin de Sleng; la réserve du vicomte du Chayla et celle du marquis de Contades formaient plusieurs lignes derrière l'armée.

Voici la disposition de l'armée des alliés.

Les Autrichiens appuyaient leur droite au village d'Houtain; ils portaient leur gauche jusqu'à celui de Lier, où était une partie de l'infanterie hanovrienne; les Autrichiens avaient leur cavalerie en bataille à portée de ce village, avec une batterie de canons près du hameau d'Enick ; ce canon battait la gauche de l'armée française. Les Anglais, les Hanovriens et les Hessois étaient au centre ; douze de leurs bataillons défendaient les villages de Varoux et de Rocoux ; ils avaient leur cavalerie derrière ces villages, prête à se porter en avant ou à favoriser, dans le besoin, leur retraite. Les Hollandais étaient à l'aile gauche, leur droite un peu en arrière du village de Rocoux : ils avaient, comme on l'a dit leur centre protégé par une redoute, un redan et du gros canon ; leur cavalerie était formée par plusieurs lignes, depuis la redoute jusqu'au village d'Ance ; elle avait devant elle un ravin que leur infanterie gardait, ainsi que le village d'Ance ; des pandours et hussards du corps de M. Baronnay étaient par pelotons entre le village d'Ance et le faubourg de Sainte-Marguerite.

Trente-six pièces de canon ayant commencé à tirer de la droite de l'armée française, elles démontèrent une batterie de huit pièces de canon, et de deux obus, dont le feu maltraitait la brigade de Champagne et la cavalerie de la droite.

A la quatrième décharge de cette artillerie, les troupes françaises des corps détachés sur la droite se mirent en mouvement dans le plus grand ordre : elles marchèrent aux premières haies du village d'Ance. La brigade de Picardie, en ayant chassé les pandours, on fit avancer le gros canon. Après quelques décharges, l'attaque du village commença. La brigade de Picardie, soutenue de celle de Monaco, forçait les vergers, pendant que la brigade de Ségur se portait en colonne sur le front du village, soutenue de celle de Bourbon : ce moment fut très-vif, mais sans aucun désordre ; on s'empara à la fois de toutes les premières haies. L'infanterie ennemie, qui bordait le ravin, ne put soutenir le feu de l'infanterie française : elle se retira dans la plaine, et abandonna six pièces de canon.

La cavalerie hollandaise fit dans ce moment un mouvement audacieux ; mais dont elle ne retira pas l'avantage qu'elle en

4.

attendait. Environ dix escadrons sur deux lignes s'avancèrent pour prendre la place de l'infanterie : ils voulurent charger le régiment de Beaujolais qui franchissait les haies ; ce régiment ayant fait feu sur cette cavalerie, elle fut mise en désordre ; elle se rallia cependant, et voulut revenir à la charge ; mais le régiment de Beaujolais, conduit par le marquis de Besous, son colonel, s'étant avancé sur le bord du ravin, son feu obligea cette cavalerie à s'éloigner. Les brigades de Picardie, de Monaco, de Ségur et de Bourbon ayant achevé de forcer les haies, on occupa le ravin.

La cavalerie des corps détachés de la droite avait tenté vainement de charger celle des Hollandais. Comme elle était derrière un chemin creux qu'on n'avait pu reconnaître, le comte de Rosen ne put le passer qu'en défilant par quatre, sous la protection de l'infanterie en bataille en deçà de ce chemin. Cependant quelques bataillons français de la droite avaient voulu passer de l'autre côté des haies ; cette action trop hardie avait rendu ce moment critique. La cavalerie hollandaise s'était ralliée ; elle marchait avec un gros corps d'infanterie, pour attaquer de nouveau le village d'Ance ; ayant trouvé l'infanterie française qui se portait en avant, ils l'avaient chargée et déjà poussée jusqu'aux haies ; mais trois bataillons français, étant venus à son appui, et ayant pris en flanc l'infanterie hollandaise, la forcèrent de s'éloigner. Quelques pièces de canon, qu'on avança en même temps et qui firent feu sur la cavalerie des Hollandais, l'obligèrent d'abandonner son terrain : l'aile gauche des alliés s'étant ainsi repliée d'environ six cents pas, on profita de son éloignement pour faire déboucher huit bataillons. Ils se portèrent à deux cents pas dans la plaine, ayant sur leur gauche la brigade de cavalerie de Rosen. Cette première ligne était soutenue par une seconde ligne d'infanterie qui occupait les haies. Le canon qui était à la tête de la première ligne, ayant encore décidé les Hollandais à s'éloigner, la première ligne gagna du terrain, et la seconde dépassa les haies, ayant à sa gauche la brigade de cavalerie de Saint-Jal.

Pendant que ces manœuvres s'exécutaient à la droite, l'infanterie du marquis de Clermont-Galerande devait marcher au village de Lier, pour diviser les forces des ennemis et favoriser l'attaque de la droite. Les marquis de Maubourg et d'Hérouville devaient en même temps se porter sur les villages de Rocoux et de Varoux ; l'un avec les brigades de Navarre et de Montmorin, soutenues de celles d'Auvergne et de Royal ; l'autre avec celle des Vaisseaux et de Rouergue. Les dragons et la cavalerie des corps détachés de la gauche avaient ordre de protéger ces trois attaques ; mais il y eut du mal-entendu au sujet du village de Lier, tant parce qu'il était en arrière de celui de Varoux, que parce que celui de Varoux se nommait Varoux-les-Lier, il fallut envoyer demander de nouveaux ordres au maréchal de Saxe. Quelques brigades ayant voulu, par un zèle trop ardent, attaquer sans attendre les autres, et ne pouvant soutenir qu'avec peine les feux croisés qui sortaient des deux villages, le maréchal de Saxe fit dire, par le marquis de Sourdis son aide-de-camp, aux ducs de Luxembourg et de Boufflers de marcher avec la brigade de Beauvoisis aux retranchements de Rocoux. Cette brigade franchit les escarpements et les haies avec la plus grande valeur ; la brigade d'Orléans, ayant à sa tête le marquis de Maubourg, attaqua avec le même succès et la même bravoure l'angle de ce village : ces deux brigades forcèrent les ennemis, prirent plusieurs drapeaux et douze pièces de canon.

Les marquis d'Héronville et de Clermont-Galerande chassaient cependant les alliés du village de Varoux ; leur retraite fut protégée par leur cavalerie : celle des Hollandais était encore sur plusieurs lignes sur la hauteur ; dès qu'elle vit les Français maîtres de Varoux et de Rocoux, elle craignit d'être coupée, et se mit en mouvement pour se retirer. Le maréchal de Saxe s'en aperçut ; il n'avait pu se porter sur les Hollandais avant la prise de Rocoux, en étant empêché par les batteries de ce village et de la redoute de la hauteur, entre lesquelles il aurait dû passer. Il se mit à la tête de la brigade de cavalerie de Royal-Étranger, des volontaires royaux qu'il avait fait avancer du ravin de Sieng, et de l'infanterie de la droite du corps de bataille. Il laissa le village de Rocoux à sa gauche, et se porta sur la hauteur aussi diligemment que le lui permirent les défilés. Son dessein était de tourner la redoute de la cavalerie des Hollandais; mais, quand il arriva dans leur camp, ils n'y étaient plus. Il vit leur cavalerie à une certaine distance se repliant vers leurs ponts. Le marquis d'Armentières la suivait de près avec les troupes légères de la droite; elle ne dut son salut qu'à l'infanterie, dont ses généraux garnirent les haies et les ravins.

La cavalerie de l'aile droite des Français s'était avancée pendant l'attaque des corps détachés de la droite, pour charger la cavalerie hollandaise; mais la plaine étant coupé de ravins, elle n'avait pu aller jusqu'à elle; elle n'eut, dans ce moment, que la facilité de se porter en avant, elle occupa la gauche du camp des alliés.

Le maréchal de Saxe avait pour lors sa droite à la hauteur de Votem; il y avait été joint par le comte de Clermont-Prince et par le comte de Lowendal. Le comte d'Estrées marchait le long des hauteurs de la Meuse, laissant Votem à sa gauche, afin de couper aux alliés la communication avec leurs ponts. L'artillerie hollandaise se retirait par Votem; elle fut attaquée par les troupes légères, qui prirent vingt-deux pièces de canon ou obus, et soixante chariots de munition de guerre.

Un corps d'infanterie anglaise s'étant formé en bataillon carré, de l'autre côté d'un ravin très-escarpé, pour recevoir les fuyards, et n'ayant pas moyen d'aller à lui, le maréchal de Saxe fit avancer huit pièces de canon de seize; leur feu rompit ce bataillon : les troupes qui le formaient gagnèrent précipitamment leurs ponts.

Il n'y a nul doute que, s'il y avait eu deux heures de jour de plus, la moitié de l'armée des alliés aurait été écrasée : elle se retira.

Les alliés eurent, dans ce combat, sept mille hommes tant tués que blessés : on leur fit mille prisonniers ; on leur enleva cinquante pièces de canons et dix drapeaux. Il y eût, du côté des Français, trois mille hommes tués ou blessés.

L'armée française étant revenue à Tongres, treize bataillons et neuf escadrons partirent pour la Bretagne, où les Anglais ve naient de faire une descente.

Les troupes qui devaient rester dans le Hainault, la Flandre et le pays conquis, campèrent, le 20, en deçà de Saint-Tron ; elles se rendirent ensuite à Tirlemont et à Louvain ; le 25, l'armée fut entièrement séparée.

Une partie des troupes des alliés ayant continué à camper sous Maëstricht, jusque dans les premiers jours de novembre, le maréchal de Saxe ne jugea pas à propos de s'éloigner de Bruxelles qu'il ne fût assuré de leur départ, pour se rendre dans leurs quartiers d'hiver.

Le maréchal de Saxe arriva, le 14 novembre, à Fontainebleau ; il y reçut un accueil distingué. Le roi, voulant lui donner une nouvelle marque de satisfaction de ses services, lui fit expédier, le 12 janvier suivant, les provisions de maréchal de ses camps et armées. Le mariage du Dauphin avec la princesse royale Marie-Joseph de Saxe augmenta encore sa faveur et son crédit.

Le duc de Cumberland, le prince de Waldeck, et le maréchal de Bathiany, ayant eu plusieurs conférences à La Haye, firent mouvoir leurs troupes dans le mois de février. Le maréchal de Saxe se tint tranquille : il jugeait que, si leur armée entrait d'aussi bonne heure en campagne, elle se détruirait sans rien faire. Ces généraux se ravisèrent, ils se contentèrent de rassembler leurs troupes sur la Meuse ; ils ne campèrent dans la suite que sur l'avis des premières expéditions des troupes françaises. La conquête de la Flandre-Hollandaise en fut l'objet ; elle était essentielle pour se porter en avant.

Les régiments qui avaient hiverné dans les Evêchés et dans l'Alsace sortirent de leurs quartiers dans les premiers jours de mars.

Plusieurs officiers généraux eurent ordre d'être rendus, le 6, à Sédan : ils devaient servir dans un corps de troupes sous les ordres du comte de Clermont-Prince. Il y avait d'ailleurs à Metz un équipage de siége.

Ces dispositions tendaient à retenir dans le Luxembourg et dans le pays de Limbourg les troupes autrichiennes, en donnant des inquiétudes pour Maëstricht.

M. de Cremille, maréchal-général-des-logis de l'armée, partit, le 24 mars, pour Anvers ; il alla, le lendemain, avec deux mille hommes, visiter le pays jusqu'à Berg-op-zoom : cette manœuvre avait également pour objet de faire croire qu'on en voulait à cette place.

Les alliés s'assemblèrent dans les premiers jours d'avril ; les Hollandais dans les environs de Bréda, les Anglais près d'Eindhoven, les Autrichiens sous Maëstricht.

Le maréchal de Saxe arriva à Bruxelles le 31 mars. Il donna sur-le-champ les ordres pour que les troupes fussent rendues, le 15 avril, à leurs destinations, et que l'on conduisît de Namur à Gand vingt-quatre pièces de gros canon et douze mortiers. Il écrivit au comte de Clermont-Prince à Sédan, qu'étant prêt à retirer une partie des garnisons de Mons et de Namur, il était nécessaire qu'il pourvût à la sûreté de ces places en y faisant passer huit bataillons et quatre escadrons de son corps de troupes.

Les Autrichiens, qui avaient passé l'hiver dans le duché de Luxembourg, en étant partis quelques jours après, le comte de Clermont-Prince quitta Sédan ; il alla sur cinq divisions cantonner dans les environs de Namur.

Les troupes destinées à faire la conquête de la Flandre-Hollandaise arrivèrent dans les premiers jours d'avril, à Gand, Bruges et Dendermonde. Le comte de Lowendal se rendit à Bruges : il devait attaquer les places des Hollandais du côté de la mer, tandis que le marquis de Contades ferait les sièges des forts de la rive gauche du Bas-Escaut.

Les troupes non employées dans ces expéditions cantonnèrent dans les environs de Bruxelles.

L'infanterie, les dragons et les hussards, formèrent la première ligne des cantonnements ; leur droite, appuyée à Wavre, protégeait la forêt de Sogne et se repliait sur Halle ; leur centre bordait la Dyle jusqu'à Weehteren ; l'embouchure de la Senne dans la Dyle fermait la gauche.

La cavalerie fut placée en seconde ligne entre la Senne et la Dendre.

La maison du roi resta dans Gand ; la gendarmerie, dans Mons ; la brigade des gardes, dans les environs de Bruxelles ; le régiment des carabiniers, dans Alost et Ninove.

Le comte de Lowendal s'étant emparé des redoutes qui défendaient les approches de la ville de l'Ecluse, elle capitula le 22 avril. La prise de cette place fut suivie de celle d'Issendick. Le comte de Lowendal marcha ensuite au Sas de Gand ; il en pressa les attaques avec une telle activité, qu'il y entra la nuit du 30 avril au 1er mai.

Les troupes des alliés s'étaient réunies, et leur armée menaçait Anvers. Le comte de Lowendal, destiné à défendre cette place, eut ordre de s'y rendre ; il laissa la conduite du siége de Philippine au marquis de Montmorin, qui, s'en étant rendu maître, marcha à Hulst avec cinq bataillons et le régiment de la Morlière. Le marquis de Contades, après la prise des forts de la Perle et de Liefkenshoeck, avait ouvert la tranchée de Hulst ; il fit faire une seconde attaque au marquis de Montmorin du côté de Saint-Jean Steen. Hulst capitula le 11 mai ; et Axel, le 16 ;

4..

Axel fut la seule place dont la garnison obtint les honneurs de la guerre. Le marquis de Contades ne les accorda au commandant de Huslt que pour lui, pour ses adjudants, et pour quatre cents hommes, sans drapeaux ni étendards. Les alliés avaient fait leur possible pour empêcher la prise de Huslt, ils avaient fait passer l'Escaut à neuf bataillons, aux ordres du général-major Fullaer : leur dessein était de soutenir le Sandberg, d'où dépendait la conservation de Hulst. On ne pouvait attaquer ce fort qu'en cheminant pendant une lieue, le long d'une digue ; le duc de Cumberland avait été, le 9 mai, visiter ce poste ; toutes ces précautions furent inutiles, le maréchal de Saxe étant allé, le 11, au camp du marquis de Contades, trouva le Sandberg pris, et le commandant de Hulst capitulant avec le duc de Broglio.

Il se passa, à l'attaque de ce poste, un événement, dont le récit doit intéresser toute âme française.

Il y avait à la tête de la tranchée, des compagnies de grenadiers qui s'étaient couvertes avec des sacs à terre, parmi lesquels on avait, par méprise, mêlé des sacs de poudre ; le feu y ayant pris pendant la nuit, tous ces grenadiers furent tués ou blessés. L'ennemi pouvant profiter de cet accident pour venir combler les travaux, on alla sur-le-champ demander du secours à un bataillon de grenadiers postiches qui campait tout auprès; ces grenadiers accoururent nu-pieds, leurs gibernes sur leurs chemises ; ils prirent, dans cet état, la place de ceux qui venaient de périr.

Chaque bataillon de milices avait deux compagnies de grenadiers ; ces compagnies étaient enrégimentées pendant la campagne; chaque régiment formait deux bataillons, dont un de grenadiers, et l'autre de grenadiers postiches.

La prise de l'Écluse avait jeté l'alarme dans la Zélande ; cette province ayant proclamé le prince d'Orange stathouder, les autres provinces suivirent son exemple.

La première attention du prince d'Orange fut d'envoyer des troupes en Zélande. Ayant réclamé les secours d'Angleterre, quelques régiments anglais passèrent d'Ecosse à Flessingue, aux ordres du général Huske. Une flotte anglaise alla se joindre aux vaisseaux de la République, pour croiser le long des côtes de Zélande : on y était dans les plus vives inquiétudes, le maréchal de Saxe ayant rassemblé des bâtiments au Sas de Gand, pour un transport de vingt mille hommes.

Toute l'Europe apprit avec étonnement qu'on eût fait dans un mois la conquête de la Flandre-Hollandaise : quelques-unes de ces places n'avaient pas été attaquées sous Louis XIV, étant jugées imprenables ; d'autres avaient résisté au plus grand ingénieur de France, à Vauban.

L'armée des alliés s'approcha d'Anvers le 1er mai, et le duc de Cumberland faisait toutes les démonstrations de vouloir assiéger cette ville. Il avait fait faire des fascines et venir du gros canon. Malgré le peu de vraisemblance d'une entreprise aussi difficile, le maréchal de Saxe, toujours guidé par son esprit de prévoyance, avait, dès le commencement du mois d'Avril, renforcé la garnison d'Anvers. Le comte d'Hérouville, qui y avait commandé en l'absence du comte de Lowendal, s'était occupé des moyens convenables pour la défense de cette ville. La place fut approvisionnée pour soutenir un long siége.

Les troupes françaises occupaient toujours le pont de Waelhem, entre Malines et Anvers ; elles y avaient fait un retranchement et mis du canon : ce pont était essentiel pour la facilité qu'il donnait aux partis d'infanterie, de passer la Nethe et d'inquiéter les alliés : tous les officiers employés dans cette petite guerre étaient dans Malines, sous la direction de M. de Méric, brigadier. Ce général Trips se montrait quelquefois vis-à-vis ce pont : il faisait courir le bruit qu'il voulait l'attaquer ; mais ce projet paraissait peu praticable. Milor Glare, qui commandait dans Malines, avait aussi la facilité de couper leur retraite.

M. de Méric étant sorti de Malines avec deux cents hommes, sur l'avis que les ennemis jetaient un pont à Duffel, rencontra un gros corps de Croates. Les deux avant-gardes se fusilièrent : les Français y eurent six hommes tués, et, entre autres, M. de Méric, officier de mérite, et qui avait du talent pour la petite guerre.

Le major Beck avait retranché Hallen, poste qui lui était nécessaire pour soutenir les détachements qu'il poussait en avant. Le comte de Saint-Germain projeta de l'y surprendre, il marcha, le 23, avec les troupes destinées pour cette expédition ; elles allèrent sur quatre divisons : deux sur le Démer, pour en masquer les passages ; et les deux autres, l'une avec de l'artillerie en droiture sur Hallen, l'autre passa la Gette à Berts, pour se mettre entre Hallen et Kerck. Le major Beck en eut avis, et abandonna Hallen ; le comte de Saint-Germain n'y prit que des équipages et des armements ; il démolit une partie des remparts de cette ville, et rentra, le 25, dans Louvain.

L'armée des alliés alla camper, le 26, entre les deux Nethes, sa droite à Lier, sa gauche à la hauteur d'Ytéghem : dix bataillons et huit escadrons restèrent du côté de Vestwesel, avec le prince de Saxe-Hilbourghausen, pour la communication avec Bréda. M. de Baronnay s'avança à Everbode ; le prince de Volffembutel, à Tongerloo ; le général Trips se plaça entre Anderstat et Lier.

Le maréchal de Saxe, informé que les alliés avaient passé la petite Nethe, envoya ordre à l'infanterie de marcher, le 28, à quatre heures du matin, dans le camp reconnu : la brigade des gardes ne quitta pas ses cantonnements ; trois régiments de grenadiers royaux continuèrent de garder la Haute-Dyle, au-dessus de Louvain. Seize bataillons et un régiment de hussards furent placés en avant de Malines, sous les ordres de milord Clare : le régiment de Montmorin occupa Patteebroeck et Hexendonck ; ce régiment était à portée de protéger le pont sur la Dyle, au-dessous de Malines, et celui de Waelhem, que les alliés avaient attaqué vainement, quelques jours auparavant, par la rive droite de la Nethe.

La cavalerie et les troupes légères restèrent dans leurs quartiers, avec ordre de se tenir prêtes à marcher, et d'avoir toujours à l'avance du fourrage cordelé pour quatre jours. Le maréchal de Saxe se logea dans Malines.

Le roi partit, le 29, de Versailles ; Sa Majesté alla, ce même jour, à Compiègne ; le 30, à Mons ; elle arriva, le 31, à Bruxelles.

Le comte de Clermont-Prince se mit en marche le 1er juin ; il se rendit, par Marbay, à Wavre.

Le mouvement du comte de Clermont ayant découvert le pays entre la Senne et la Dyle, les hussards des alliés y venaient tous les jours ; ils avaient enlevé, sur la chaussée de Bruxelles à Namur, le comte de Bérenger, lieutenant-général, le comte de Polignac, brigadier. Pour arrêter leurs incursions, on envoya quatre escadrons de dragons dans Namur, et un dans Charleroi ; on rapprocha de Louvain les régiments de cavalerie et de hussards qui étaient encore sur les derrières ; quatre bataillons des gardes cantonnèrent depuis Stalles et Fores, sur la Haute-Senne, jusqu'à Tervure et Auderghem.

L'infanterie française commença, le 8, à creuser un canal entre le moulin de Rotselaër et le ruisseau de Tildonck ; l'objet de ce travail était de se donner une ligne de défense plus courte que le lit ordinaire de la Dyle.

L'armée des alliés, restant entre les deux Nethes, forçait l'armée française à manger des fourrages d'un pays destiné pour ses quartiers d'hiver ; pour y remédier, le roi résolut de porter une partie de ses troupes de l'autre côté de Louvain. Cette position, protégée par le Démer, devait les faire subsister entre la Dyle et la Meuse ; et, dans le cas où les alliés ne bougeassent pas, elle pouvait faciliter le siége de Maëstricht, où il y avait peu de monde.

Pour l'exécution de ce projet, les cantonnements de la cavalerie furent changés le 9 juin ; l'aile droite s'avança sur la droite de la chaussée et celle de Malines : deux régiments de grenadiers royaux, deux brigades de cavalerie, et quatre régiments de hussards, allèrent, le lendemanin, de l'autre côté de Louvain, sous les ordres du comte d'Estrées, licutenant-général, du marquis d'Armentières, du duc de Brogolio, et du comte Rochechouart-Fodoas, maréchaux de camp.

Le maréchal de Bathiany ayant proposé une conférence pour l'échange des prisonniers, le marquis de Brezé, lieutenat-général, se rendit à Duffel ; le comte de Tornaco s'y trouva pour les alliés ; on convint que, pendant vingt-quatre heures, il y aurait cessation d'hostilités entre la Dyle et la Nethe ; elle eut lieu de nouveau le jour où le cartel fut signé·

Le comte d'Estrees marcha, le 12, à Linter, proche Tirlemont, il détacha le baron du Blaisel à Leau, avec trois cent cinquante dragons ; cet officier trouva tous les ponts de la petite Gette rompus ; il rencontra les hussards ; et en prit quelque-uns.

Le comte de Clermont-Prince avança, ce même jour, sa droite à Sainte-Catherine-Mautem, sa gauche à Meldert.

La maison du roi ayant passé la Senne le 13, campa sur les hauteurs de l'autre côté de Bruxelles, sa gauche vers Scharebeesk ; la gendarmerie appuya sa droite à la chaussée de Namur.

Presque toute la cavalerie française, deux régiments de grenadiers royaux et un régiment de dragons, se rendirent, le 16, de l'autre côté de Louvain, près de l'abbaye du parc, sous les ordres du marquis de Clermont-Tonnerre.

Le comte de Saint-Germain partit, ce même jour 16, avec trois brigades d'infanterie et une d'artillerie, pour remonter le Démer, et s'emparer d'Aerschot, Zichem, Diest et Halen ; le comte de

Clermont-Prince devait favoriser cette expédition, en faisant occuper Halen par un détachement de ses troupes, en marchant avec sa division à Linter ; le comte d'Estrées avait ordre aussi de se porter avec la sienne entre la grande et la petite Getto, près de Leau.

Le comte de Saint-Germain fut informé que M. de Baronnay était dans Diest et à portée d'être soutenu par le prince de Wolf-fembutel campé entre Westerloo et Everbode ; il retira les troupes qu'il avait laissées dans Aerschot et Zichem, et se rendit à Halen.

Il n'y avait plus rien à craindre pour Anvers ; le comte de Lowendal, qui continuait d'y commander, envoya douze batail-lons avec le comte de Saulx, maréchal-de-camp, dans le bassin de Malignes ; les troupes qui en devaient partir pour Louvain, n'ayant pas attendu l'arrivée de celles du comte de Lowendal, un corps de hussards et de Pandours attaqua le pont de Pasbrug ; on y avait laissé provisoirement cent grenadiers et cinquante dragons ; ils repoussèrent les alliés ; les cinquante dragons étaient placés en avant du pont, ils se défendirent avec la plus grande valeur.

Les mouvements des corps détachés se faisant par échelons, et avec les précautions convenables pour leur sûreté, le comte d'Estrées alla camper, le 18, de l'autre côté de Saint-Thron. Le comte de Clermont-Prince porta sa droite à Halen, sa gauche à la grande Gette, fit occuper Leau et Tirlemont.

Les alliés avaient renforcé le corps du prince de Wolffembu-tel ; il paraissait que leur projet était de marcher avec leur armée sur le Démer. Pour éclairer leurs mouvements, les deux bri-gades d'infanterie de Picardie et d'Orléans passèrent la Dyle, sur le pont de Rotselaër, avec le marquis de Salières, lieutenant-général, et le marquis d'Anlezy, maréchal-de-camp. Ces troupes se portèrent à Aerschot et Rilloër : leur position était critique : l'ennemi occupant Diest, le marquis de Salières eut ordre de se replier sur le camp de Louvain. Le roi y avait fait venir les deux divisions de l'artillerie de la droite et du centre, et les deux brigades d'infanterie de Montmorin et de la Cour-au-Chantre.

Il se passa alors une action vive à l'abbaye de Rosendaël, près du pont de Waelhem, entre six cents pandours, soutenus de quatre cents Hussards, et les partis de l'infanterie française, les alliés eurent deux cents hommes tant tués que blessés ; les Français en perdirent soixante ; M. de Barre, capitaine dans le régiment de Diesbach, fut du nombre des morts.

Le comte d'Estrées, ayant fait occuper Hasselt le 19, marcha, le lendemain, à Tongres. Le comte de Clermont-Prince le remplaça à Saint-Thron.

Le comte de Saint-Germain s'était emparé d'Herck : il alla prendre le camp du comte de Clermont entre les deux Gettes ; il y reçut un renfort de deux brigades de cavalerie.

Le comte d'Estrées se rendit, le 22, à Louaken, au-dessous de Maëstricht, et le comte de Clermont-Prince, à Tongres.

Ces deux officiers généraux se réunirent, le 24, à Lonakem ; ils mirent leur gauche vers Briden, leur droite à la Meuse : ils avaient ordre de se retrancher dans leur camp, et d'entreprendre le siége de Maëstricht, au moyen des renforts qu'on devait leur faire passer.

Le roi, étant parti de Bruxelles le 22, marcha, à la tête de la brigade de sa maison, jusqu'à l'abbaye du Parc, où Sa Majesté logea ; son quartier fut couvert par la brigade des gardes ; celle de sa maison campa en seconde ligne derrière la droite de la cavalerie.

Les troupes du camp du Parc firent un fourrage général, le 24 juin, aux ordres du duc de Brissac, maréchal-de-camp : on commanda dix-huit compagnies de grenadiers, cinq cents fusiliers et neuf cents maîtres, pour la sûreté de ce fourrage; sa droite, aux ordres du marquis d'Avrincourt, appuya à Bier-beeck; le centre se prolongea par le hameau de Brulle, jusqu'à Lovenjoul; la gauche, où se tint le duc de Brissac, suivait la chaussée depuis Lovenjoul jusqu'à Louvain. Les pontons, avec leurs agrès, partirent, ce même jour, pour le camp du comte de Saint-Germain, sous l'escorte d'une brigade de cavalerie. La compagnie de Fischer alla relever, dans le château de Bautersem, quatre compagnies de grenadiers qui y avaient été envoyées le 22; cette compagnie escorta, jusqu'à Tirlemont, le marquis du Mesnil, maréchal-de-camp. Cet officier-général était chargé de requérir, des Etats de la principauté de Liége, la livraison des fourrages nécessaires aux troupes du roi.

Le roi ayant appris, le 24 au matin, que les ennemis étaient en mouvement par leur gauche, fit venir au camp du Parc le régiment des carabiniers et celui des dragons du colonel-géné-ral. Sa majesté détacha en même temps M. de Beausobre sur l'arrière-garde des alliés, avec son régiment de hussards, celui des volontaires bretons, et celui des volontaires de Saxe; elle fit partir le marquis de Clermont-Tonnerre pour Tirlemont, avec quatre brigades de cavalerie, deux régiments de grenadiers royaux, et deux brigades d'artillerie. Le comte de Saint-Ger-main marcha à Saint-Thron, à l'arrivée du marquis de Clermont-Prince et du comte d'Estrées, qui eurent ordre de se replier sur Tongres.

On envoya cent volontaires à pied à Aerschot, et autant à Halen; ils étaient chargés d'avertir le marquis de Clermont-Tonnerre, dans le cas où quelque détachement des alliés vien-drait par Halen et le long des Gettes.

L'armée des alliés s'étant rapprochée du Démer, il n'y avait plus moyen de s'occuper du siége de Maëstricht; mais Sa Majesté était maîtresse de l'entre-deux de la Dyle à la Meuse, et d'y faire subsister ses troupes: toutes les marches de ces corps détachés avaient été combinées dans cet objet, et il n'était plus possible à l'ennemi de s'y opposer, sans risque de se voir attaqué par des forces supérieures, dans le moment où il passerait le Démer.

Le roi eut avis, le 25 au matin, que l'armée des alliés campait entre Everbode et Westerloo ; que le prince de Wolffembutel était à Diest ; M. de Baronnay à Curingen, et le général Trips, entre Lier et Hérentals. Sa Majesté donna sur-le-champ l'ordre au marquis de Sennecterre, qui commandait le camp près de Malines, de se rendre à celui du Parc, avec quatre brigades d'infanterie, et le reste de l'artillerie ; dix pièces de canon entrèrent dans Malines.

M. de Beausobre avait marché à Yteghem, pour suivre les ennemis. Le comte de Vence s'était en même temps porté à Putte, avec un détachement d'infanterie du corps du comte Lowendal ; y ayant été renforcé, le 6 au soir, par cinq compagnies de grenadiers et par quatre cents fusiliers, il avait occupé Lier, où il n'avait trouvé que cent cinquante malades. M. de Beausobre s'avança jusqu'à Hérentals ; il y prit des équipages et soixante-dix hommes.

L'armée des alliés campa, le 26, le long de la Swartzheeck, la droite à Diest. Le prince de Wolffembutel alla à Curingen ; M. de Baronnay se porta à Hasselt, le général Trips logea dans Westerloo.

Quatre brigades d'infanterie, deux de cavalerie et la division d'artillerie du centre, partirent, ce même jour, du camp du Parc, avec le marquis de Sennecterre. Ces troupes y furent remplacées par neuf brigades d'infanterie, qui vinrent du camp près de Malines. Dès que le marquis de Sennecterre arriva à Tirlemont, le marquis de Clermont-Tonnerre passa la grande Gette pour aller à Osmaël, entre Tirlemont et Saint-Thron.

Milord Clare avait fait retirer l'artillerie qui était au pont de Waelhem, à l'exception de deux petites pièces. Il rejoignit l'armée, et laissa au comte de Lussan le commandement de Malines. La brigade de Normandie resta entre Rotselaër et Wackezele; celle

de cavalerie de la reine entre Wespelaër et Port-Meerbeck ;
celle de Clermont-Prince entre Hever et Muysen. Ces trois
brigades étaient chargées de la défense de la Dyle, dont on
rompit les ponts.

Le comte de Lowendal arriva, le 26, à Malines, avec six
bataillons et deux régiments de dragons. Il passa la Dyle le
lendemain, et campa derrière cette rivière, sa gauche à Muysen.
La brigade de Saxe fut laissée dans le bassin de Malines, pour
la protection du pont de Waelhem.

L'armée des alliés étant encore le 28 dans son camp de Diest,
l'armée française fit, le 29, un fourrage, sous les ordres du
prince de Soubise, maréchal de camp ; la droite de ce fourrage
appuyait à Bas-Velpe, d'où, passant par Wertrick, Baustersem,
l'abbaye de Gempt, le château de Horst et Saint-Pierre-Rode, il
se fermait à un bois qui tombait sur Linde. Ce fourrage fut protégé par vingt-six compagnies de grenadiers, dix-huit cents
fusiliers et neuf cents maîtres, dont cinq cents de la maison
du roi. Les généraux des alliés, instruits de ce fourrage, firent
marcher leur armée à Zonhowen. Le prince de Wolffembutel
occupa avec sa réserve le château de Schoenbeeck. M. de
Baronnay passa le Démer, pour couvrir la gauche de l'armée
alliée. Le général Trips resta du côté de Diest, pour en protéger
la droite.

Le roi, informé du mouvement des alliés, et qu'ils se portaient
vers les sources du Démer, donna ordre à ses troupes de partir
à onze heures du soir, et sans équipages ; Sa Majesté envoya
en même temps à Tirlemont, Osmaël et Saint-Tront, pour que
les corps qui y campaient se rendissent tout de suite à Tongres.
La réserve, composée de la maison du roi et des carabiniers, le
régiment des dragons du colonel-général et la compagnie de
Fischer, restèrent dans le camp du Parc, pour escorter le roi
le lendemain : ces troupes ne devaient quitter leur camp qu'à
l'arrivée du comte de Lowendal.

VI

Le maréchal de Saxe ayant pris les ordres de Sa Majesté, marcha toute la nuit ; il arriva au château de Betou, le 30, à huit heures du matin. S'y étant entretenu avec le comte de Clermont-Prince et le comte d'Estrées, de la position des ennemis, il se porta, avec quatre cents maîtres, à la Justice de Tongre-bergh. On voyait distinctement, de cette Justice, leur camp établi sur la hauteur, près de la commanderie de Vieux-Jonc : mais il paraissait peu considérable. Les espions assuraient qu'il n'y avait dans ce camp que la réserve du prince Wolffembutel et celle de M. de Baronnay, et l'armée des alliés était encore éloignée. D'après ces avis et la connaissance des difficultés et des défilés que cette armée devait trouver pour venir au secours des corps détachés de M. de Walffembutel et de Baronnay, le maréchal de Saxe prit la résolution de les reconnaître le lendemain au jour, et de les attaquer s'ils n'étaient pas soutenus. Il avança, entre Tongres et Tongrebergh, les neuf bataillons qu'avait menés le marquis de Sennecterre ; les autres troupes se placèrent les unes derrière les autres : l'infanterie sur la droite, le plus près du Jaar et de Tongres qu'il fut possible.

Le maréchal de Saxe ayant envoyé un de ses aides-de-camp au roi, pour lui faire part de ce qui se passait, Sa Majesté ordonna au comte d'Eu, campé à Osmaël avec l'armée, de se rendre tout de suite à Tongres ; et au comte de Lowendal de marcher, le 1er juillet, de Louvain à Tirlemont. Le roi ne voulait pas l'éloigner de la Dyle, à moins d'une nécessité absolue, le prince de Saxe-Hilburghausen étant campé avec un corps de troupes auprès de Bréda. Sa Majesté coucha, le 30 juin, à Osmaël.

Le 1er juillet, à quatre heures du matin, le comte d'Estrées s'avança avec sa division sur les hauteurs, entre Heerderen et Alt-Elderen : il laissa au débouché de ce dernier village les grenadiers royaux de Châtillon. Le comte d'Estrées fut suivi du corps du comte de Clermont-Prince. Il se présenta plusieurs troupes de hussards ; le maréchal de Saxe les fit pousser, pour se rendre maître des hauteurs et pouvoir distinguer la position et la force du camp des alliés. Le jugeant plus nombreux qu'on ne le lui avait rapporté, le marquis de Sennecterre eut ordre de s'avancer avec dix-neuf bataillons et deux brigades de cavalerie.

Le maréchal de Saxe avait d'abord, pour partager l'attention de l'ennemi et assurer sa retraite, placé le marquis de Clermont-Tonnerre sur les hauteurs d'Hoëssell, avec quarante escadrons. La brigade des cuirassiers et quatre bataillons de grenadiers royaux, aux ordres du marquis d'Avrincourt, gardaient les sources du Démer, et le chemin, qui, venant de la commanderie du Vieux-Jonc, traverse le marais de Mumerkem. Le

maréchal de Saxe changea ses dispositions, et toute cette cavalerie eut ordre de le joindre; il n'y eut que les grenadiers royaux
qui restèrent à Alt-Elderen, pour veiller sur les sources du Démer. Le maréchal de Saxe fit faire ces mouvements sur ce qu'il
s'aperçut que les ennemis arrivaient en force, et se formaient
en bataille vis-à-vis de lui. Cette même considération l'engagea
à rappeler les troupes qui étaient déjà en marche pour tourner
le camp des alliés. Il mit sa cavalerie sur différentes lignes en
avant d'Heerderen, pour en protéger le flanc droit, le seul par
où elle pouvait être tournée, il envoya dans le hameau d'Elcht
les fusiliers de la Morlière. L'artillerie fut placée entre la cavalerie et l'infanterie, qui borda le plateau et les haies d'Heerderen.

Cependant, comme les ennemis se formaient sur plusieurs
lignes entre les villages de Roesmeër et de Spauwe, il n'y avait
plus lieu de douter que ce ne fût leur armée. Elle était arrivée,
le 29, entre Gélick et Lonaken; elle y avait séjourné, le 30, et
s'était mise en marche le 1ᵉʳ juillet, à quatre heures du matin,
pour se porter sur les hauteurs d'Heerderen et de Millen, et
reprendre son ancien camp de l'année précédente; la gauche au
Jaar, la droite derrière la commanderie du Vieux-Jonc. Ses
généraux croyaient être les maîtres de cette position, en s'étant
fait précéder, le 30, par les corps du prince de Wolffembutel,
du comte de Daun et de M. de Baronnay. Ces troupes leur
avaient paru suffisantes pour s'emparer des sources du Démer,
et pour en imposer aux divisions du comte de Clermont et du
comte d'Estrées: car, comment se persuader qu'une armée, qui
avait fait un fourrage à Louvain, le 29 juin, pût être à Tongres
le 1ᵉʳ juillet. A la vue des troupes françaises en bataille près
d'Heerderen, les alliés arrêtèrent les têtes de leurs colonnes,
qui, arrivant par des défilés, auraient couru risque d'être
battues, en se portant trop avant. Ils placèrent l'infanterie du
prince de Wolffembutel, et partie de celle du comte de Daum,
dans le gros de Spauwe, avec ordre de s'y retrancher; leurs
troupes légères furent chargées de garder les avenues de la

Commanderie jusqu'au Démer ; le reste du corps du comte de Daun fut disposé sur la rive droite du Démer, depuis la Commanderie jusqu'à Bislen, que le prince de Dourlach occupa avec six mille hommes d'infanterie et six pièces de canon.

La cavalerie anglaise marchait la première, sous les ordres du vicomte de Ligonier ; elle se mit en bataille sur le plateau entre Roesmëer et Spauwe. Cet arrangement ne fut que provisionnel, et pour faire face aux troupes françaises en bataille devant Heerderen. L'infanterie des alliés ayant débouché, celle des Anglais et des Hanovriens se porta, par sa gauche, derrière le village de Viltingen et le hameau de Lawfeld ; la cavalerie hollandaise occupa le centre derrière sa propre infanterie, et derrière celle de Bavière et de Hesse à la solde des états-généraux. La cavalerie autrichienne fut mise sur plusieurs lignes, sur la hauteur de Spauwe, à la place de la cavalerie anglaise et hanovrienne, qui alla former l'aile gauche près du village de Vilre.

Le général Trips avait fait l'arrière-garde de l'armée depuis son départ de Lier ; il alla se mettre tout-à-fait à la gauche, entre Montenaken et le Jaar.

Si ces dispositions eussent été achevées de bonne heure, il y a lieu de croire que les alliés auraient attaqué tout de suite les Français, et les auraient obligés de se replier sur Tongres, d'autant que le gros de leur armée était encore en arrière ; mais la marche des alliés ayant été retardée par des routes mal reconnues, leur ordre de bataille ne put être formé qu'à la nuit.

La maréchal de Saxe, voyant l'ennemi vis-à-vis de lui avec toutes ses forces, poussa, pour n'être pas tourné, le corps du comte de Clermont-Prince dans Remest. L'armée arrivait dans ce moment à Tongres : cependant, quoiqu'elle eût encore trois lieues à faire par un temps affreux, et à la suite d'une longue marche qu'elle avait faite depuis Louvain, elle témoigna le plus grand zèle d'aller combattre de nouveau sous les yeux du roi, qui était présent.

Ce prince, s'étant rendu sur les hauteurs d'Heerderen, examina, avec le maréchal de Saxe, la disposition des alliés ; la nuit qui survint ne lui permit pas d'achever ce jour-là l'arrangement de ses troupes.

ɛ comte de Saint-Germain fut chargé de garder le Tongrebergh avec douze bataillons ; il devait, dans le besoin, se jeter dans le Tongres avec quarante pièces de canon : car telle est la prévoyance des grands généraux, ils assurent leur retraite dans le temps qu'ils sont presque certains de la victoire. L'infanterie du marquis de Sennecterre resta sur le plateau d'Heerderen ; elle avait vingt pièces de canon sur son front, et vingt bataillons derrière elle. Dix autres bataillons étaient en retour sur le revers du plateau ; la cavalerie était formée sur leur droite et sur deux lignes, dépassant la grande chaussée ; elle avait devant elle le village de Remst. Douze bataillons et vingt pièces de canon prolongeaient la ligne de cavalerie ; les carabiniers et la brigade des cuirassiers étaient derrière ces douze bataillons.

La brigade de la maison du roi et la brigade des gardes occupèrent le flanc droit du village d'Heerderen, on y plaça aussi l'artillerie qui n'avait pas de destination particulière.

Le corps du comte de Clermont-Prince, placé dans Remst, avait à sa droite celui du comte d'Estrées que le roi renforça dans la nuit, du régiment de grenadiers royaux de Châtillon, et des détachements du régiment de la Morlière, placés, la veille dans le hameau d'Elcht ; on envoya dans ce hameau sept compagnies de grenadiers et sept piquets de troupes du marquis de Sennecterre ; les alliés tirèrent quelques coups de canon pour les en déloger ; ils en avancèrent aussi pour battre le village de Remst ; mais on ne quitta pas ces deux postes.

La compagnie de Fischer et huit cents maîtres eurent ordre

Maurice de Saxe.   5

de veiller à la sûreté du camp, qu'on laissa tendu derrière Tongres.

Le roi passa la nuit à Heerderen ; il fit marcher, au jour, les brigades d'infanterie qui n'avaient pu se rendre à leurs postes sur la droite d'Heerderen : toutes ces dispositions annonçaient le projet d'attaquer la gauche des alliés, et les forcer à s'éloigner de Maëstricht. Le duc de Cumberland, s'en étant aperçu, fit quelques changements dans son ordre de bataille ; la gauche de sa première ligne d'infanterie fut portée en avant, pour soutenir le village de Lawfeld, qu'il avait d'abord abandonné, et qu'il fit réoccuper par quatre régiments anglais ou hanovriens, soutenus par quatre autres des mêmes nations : il garnit de canons le front de ce village et plaça une batterie sur chacun de ses flancs ; il rapprocha de sa première ligne la gauche de la seconde. Les gardes anglaises à pied furent retirées du village de Viltengen ; elles y mirent le feu un peu avant l'action, et se formèrent en équerre, leur droite sur le centre, occupé par les Bavarois et les Hessois. Le maréchal de Bathiany détacha une partie de l'infanterie du comte de Daun, pour aller à l'appui du général Trips, chargé de veiller sur le Jaar.

Pendant que les alliés faisaient ces changements, le comte de Saxe, ayant pris les ordres du roi, s'était avancé entre Rems: et Lawfeld ; il dit au comte d'Estrées de pousser les troupes légères des ennemis qui couvraient leur gauche, et d'aller s'établir dans Montenaken et Witre, pour se mettre sur le flanc de leur armée, et protéger les attaques.

Le comte de Clermont-Prince se disposait dans ce moment à attaquer Lawfeld avec ses vingt pièces de canon et ses quatre brigades d'infanterie, soutenues de sa cavalerie en bataille sur la droite.

Le marquis de Salières marchait, de son côté, avec six brigades d'infanterie et vingt pièces de canon au village de Viltingen, où les ennemis n'avaient pas encore mis le feu ; la cavalerie que commandait le marquis de Clermont Tonnerre avança sa droite à la hauteur du village de Remst, sans bouger sa gauche, qui resta toujours près d'Heerderen.

L'ordre étant donné pour commencer le combat, le comte d'Estrées se porta en avant sur deux colonnes ; il attendit que la cavalerie du comte de Clermont, commandée par le comte de Ségur, fût à sa hauteur, pour attaquer Montenaken à Witre. Le comte de Rochechouart-Fodas s'en rendit maître avec les régiments de Châtillon et de Daullan, et les troupes légères à pied. Cependant l'infanterie du comte de Clermont-Prince s'avançait sur trois colonnes ; celle de la droite, composée de la brigade de Monaco, était sous les ordres du comte de Lautrec ; le comte de l'Aigle marchait dans le centre avec la brigade de La Fère ; la brigade de Ségur était à la gauche, ayant à sa tête les comtes de Béranger et de Froulay ; la brigade de l'infanterie de Bourbon formait une réserve, sous le commandement du marquis de Beaupreau ; elle devait soutenir l'artillerie, partagée en deux divisions de dix pièces chacune.

Dès que l'infanterie du comte de Clermont s'approcha de Lawfeld, les alliés firent un feu vif et soutenu ; nonobstant ce feu et l'escarpement des revêtements du village, les Français pénétrèrent dans les premiers vergers ; mais ils ne purent s'emparer du chemin qui traversait le village ; une seconde tentative qu'ils firent avec la brigade de Bourbon ne réussit pas mieux.

L'infanterie du marquis de Salières était prête d'arriver à Vlitingen ; le feu que les alliés y mirent ne permettant plus d'y entrer, l'infanterie du marquis de Salières se forma en bataille en face de Vlitingen ; sa droite tirant sur Lawfeld, sa gauche à un ravin ; dix des vingt pièces de canon qui avaient marché avec son infanterie furent placées sur sa droite, pour en imposer à l'artillerie que les ennemis avaient sur le flanc droit du village de Lawf...ld. Le duc de Cumberland, voyant que tous les efforts des Français se dirigeaient sur sa gauche, avait fait

5.

dire au prince de Waldeck et au maréchal de Batiany d'attaquer
avec le centre et la droite de l'armée alliée, pour faire division.
Le prince de Waldeck s'avança par deux fois avec une colonne
d'infanterie en dehors, et le long des haies de Vlitengen. Il fut
contenu par l'artillerie qui était à la tête des brigades du roi et
de Montmorin. Le maréchal Barthiany fit, de son côté, attaquer
le hameau d'Elcht ; le détachement qui y était, devant l'abandonner à l'approche de l'ennemi, se retira en bon ordre, sous
l'appui de trois troupes de cavalerie que le roi envoya au-devant
de lui. Les Autrichiens, maîtres du hameau d'Elcht, y menèrent
du canon, qui blessa, sur la hauteur d'Heerderen, un homme
de la suite du roi ; Sa Majesté y ayant fait répondre par les
pièces qui étaient sur cette hauteur, le canon d'Elcht ne tira
plus.

Les deux premières attaques de Lawfeld n'avaient pas eu tout
le succès désiré, mais on était encore maître des premiers vergers ; les deux brigades d'infanterie de Bettens et de Monnin,
conduites par le marquis de Montbarrey, ayant eu ordre de se
joindre aux birgades d'infanterie du corps du comte de Clermont, on tenta une troisième attaque sans pouvoir chasser
l'ennemi du village.

La cavalerie de la division du marquis de Sennecterre était
cependant en bataille devant l'aile gauche des alliés, et cette
aile la débordait de beaucoup ; on avança les brigades de cavalerie du Roi, des Cravates et de Royal-Roussillon, pour prolon-
ger la ligne de cavalerie du marquis de Sennecterre ; une
batterie des alliés, prenant ces brigades de revers, elles furent
très-maltraitées ; celle du roi surtout souffrit extrêmement ; le
comte de Bavière, qui commandait, fut tué.

Le gain de la bataille dépendait de la prise de Lawfeld ; le
roi y fit marcher les brigades des Vaisseaux et des Irlandais,
sous les ordres de milord Clare, du duc de Fitzjames et de
Rocth, et du duc d'Havré. Ces deux brigades, ayant attaqué
Lawfeld, de concert avec l'infanterie qui avait fait les trois pre-

mières attaques, l'ennemi fut poussé jusqu'aux dernières haies. Le duc de Cumberland, se voyant au moment de perdre Lawfeld, porta, avec la plus grande vivacité, la gauche de sa ligne d'infanterie à l'appui de ce poste ; animées par ce renfort, ses troupes reg gnèrent une partie du terrain perdu. Les Français, accablés par le nombre et par des troupes fraîches, commençaient à céder, lorsque le maréchal de Saxe accourut avec les brigades d'infanterie de la Tour-du-Pin, du Roi et d'Orléans, commandées par le marquis de Salières, le comte de Guerchy et de Lorges : il leur fit longer les haies de Lawfeld, le laissant sur leur droite ; il alla droit à sa ligne d'infanterie qui soutenait le village, l'attaqua, le battit et lui coupa la communication avec Lawfeld, qui dès-lors fut au pouvoir des Français.

Le maréchal de Saxe, en marchant à Lawfeld, avait laissé la brigade de Montmorin devant Vlitingen, pour contenir les Hollandais qui auraient pu pénétrer par ce centre ; cette brigade avait derrière elle les deux brigades de cavalerie des Cravates et de Royal-Roussillon. Dès que le maréchal de Saxe eut porté le désordre dans l'infanterie de la gauche des ennemis, il prit les premiers escadrons de ces deux brigades, et les poussa en fourrageurs sur l'infanterie des alliés ; les autres escadrons voulurent suivre, mais il leur ordonna de rester en bataille pour protéger la retraite des premiers, s'ils venaient à être battus. Les escadrons qui marchèrent en avant, ayant franchi un ravin qui se trouvait sous leurs pas, percèrent les deux lignes de l'ennemi, et renversèrent deux régiments de cavalerie sur une partie de l'infanterie du comte de Daun, qui marchait, dans ce moment, pour aller de la droite à la gauche. Les alliés avaient de la cavalerie auprès du village de Heess, quelques-uns de leurs escadrons prirent à dos ceux des Français, et les forcèrent à repasser le ravin.

Cependant les deux régiments de grenadiers royaux qui étaient dans Wilre y avaient été attaqués par deux fois ; ils y avaient dû, à la seconde, abandonner ce village. La cavalerie du

comte de Ségur avait fait aussi un mouvement sur sa gauche ;
de sorte que la cavalerie du comte d'Estrées, privée de ces deux
points d'appui, avait repassé un chemin creux qui était derrière
olle, tant pour se rapprocher du comte de Ségur que pour n'être
pas soumise au feu du village de Wilre ; ses mouvements s'é-
taient faits assez tranquillement. Le général Trips en avait profité pour pousser, en avant de Vilre, son infanterie et quatre
cents hussards ; mais le comte d'Estrées les contenait, au moyen
de deux escadrons qu'il avait en-deçà du chemin creux où il
avait posté les grenadiers royaux.

Laweld pris, le maréchal de Saxe fit conduire dix pièces de
canon sur la droite et sur la gauche de ce village, et s'avança
en même temps lui-même sur la droite du village avec la cavalerie du comte de Ségur ; le comte d'Estrées vint se former avec
la sienne à sa hauteur. Les troupes légères à cheval du comte
d'Estrées étaient en seconde ligne, et son infanterie en colonne
sur son flanc droit.

L'aile gauche des alliés n'avait pas encore bougé ; elle était
toujours en bataille sur deux lignes, appuyée au village de
Kistelt. Cette cavalerie débordait celle des comtes de Ségur et
d'Estrées de dix escadrons ; mais, dans l'état des choses, cela
n'était pas inquiétant, le chemin creux étant garni d'infanterie.
Le projet du maréchal de Saxe étant d'attaquer cette aile gauche,
il lui était nécessaire d'être plus en force ; il envoya ordre au
régiment des carabiniers et aux brigades de cavalerie de l'armée
les plus proches de se porter diligemment à cette droite. Il y
plaça provisoirement le régiment de dragons de Beauffremont
et les troupes légères à cheval, et leur fit remplir le terrain
jusqu'au village de Wilre, que l'ennemi venait d'abandonner.

L'infanterie des alliés se retirait alors par le village de Kistelt ;
mais comme en s'éloignant de sa cavalerie, elle était sans appui,
et que le canon y faisait un grand ravage, les hussards français
la voyant flottante, marchèrent pour la charger ; le vicomte de
Ligonier commandait l'aile gauche des alliés ; il jugea le mo-

ment critique, et qu'il était essentiel de sacrifier quelques escadrons pour sauver son infanterie. Il se porta vivement avec une
partie de sa cavalerie sur celle des Français ; quelques escadrons le reçurent avec fermeté ; d'autres qui arrivaient au
galop, furent poussés sur le ravin. Le feu des grenadiers royaux
qui y étaient placés, ayant mis du désordre dans la cavalerie
des alliés, le comte d'Estrées avança dans l'instant, sur le flanc
gauche de leurs escadrons, une brigade de carabiniers, pendant
qu'il les chargeait de front avec la brigade de cavalerie d'Anjou.
Cette partie de la cavalerie ennemie, ainsi attaquée, fut battue,
de façon qu'elle ne put plus se rallier. Cependant le marquis
d'Armentières avait ramené les escadrons de la droite : s'apercevant que la cavalerie anglaise cherchait à se rapprocher de
la cavalerie hanovrienne, et à lui faciliter les moyens de se
remettre en ordre et de se joindre à elle, marcha à cette cavalerie
et la rejeta sur le duc de Broglio, qui l'ayant chargée avec la
brigade de cavalerie de Royal, le régiment du duc de Cumberland et les dragons gris furent entièrement détruits ; le vicomte
de Ligonier, cherchant à s'échapper, fut pris par les carabiniers.

Le maréchal de Saxe et le comte de Ségur, ayant rallié les
escadrons à portée d'eux, et battu ceux des ennemis qui se trouvaient de leurs côtés, le maréchal de Saxe chargea le comte de
Clermont Prince du soin de suivre la gauche des alliés, et se
rendit auprès du roi pour l'attaque de leur aile droite. Il avait
avec lui le vicomte de Ligonier, qu'il présenta à Sa Majesté : elle
le reçut avec bonté.

Il ne se passa plus rien d'intéressant à la gauche des alliés :
quelques-uns de leurs escadrons ayant voulu tenir ferme, à
peu de distance de Maëstricht, l'artillerie que le comte de
Clermont-Prince pointa sur eux les obligea de se retirer sous le
feu de cette place.

Cependant le duc de Cumberland avait fait dire au prince de
Waldeck et au maréchal de Batbiany de s'occuper de leur re-

traite : il leur eût été difficile de la faire sans perte, si on avait pu marcher droit à eux ; mais ayant quarante m lle hommes sous leurs ordres, et des villages retranchés sur leurs flancs, on devait aller avec des précautions ; le temps qu'elles exigèrent leur fut favorable.

Le roi ayant fait marcher les brigades d'infanterie que commandait le marquis de Sennecterre, elles se rendirent sur la hauteur, entre Spauwe et Lòesmeër ; elles étaient précédées de vingt pièces de canon et de la brigade de cavalerie de Royal-Allemand ; elles devaient pousser la droite des alliés sur le marquis de Clermont-Galerande et sur le marquis de Clermont-Tonnerre, le premier avec deux brigades de cavalerie et une d'infanterie, s'avançait entre Vlitingen et le village de Heess ; l'autre se portait, avec un corps de cavalerie, au moulin de Montpertin. Des manœuvres aussi judicieuses ne furent d'aucune utilité ; on ne put joindre que des hussards et des Croates, dont on prit quelques-uns. Arrivé sur la hauteur de Loesm er, le maréchal de Saxe vit, dans l'éloignement, l'arrière-garde des Autrichiens, marchant en bon ordre sous le commandement du prince de Wolffembutel : dans l'impossibilité de l'atteindre avec les troupes, le maréchal de Saxe fit tirer dessus quelques coups de canon.

Le marquis de Clermont-Tonnerre et de Falerande se portèrent, de leur côté, sur les ennemis ; ils étaient précédés du régiment des dragons de Harcourt. Le comte de Lillebonne le commandait ; il attaqua et battit les troupes légères des alliés qui couvrait le flanc droit de leurs colonnes. Les marquis de Clermont-Tonnerre et de Galerande ne purent s'avancer que jusqu'à Confelt : ce hameau étant occupé par l'infanterie autrichienne, et la leur n'ayant pu arriver avant la nuit.

Le prince de Bade-Dourlach était dans Bilsen, avec six mille hommes : il se retira d'abord à Munsterbilsen ; il alla, dans la nuit, joindre l'armée des alliés, près de Smermaës.

L'armée française resta en bataille dans la position où la nuit la trouva, entre Montpertin et le village de Heess, et entre Lawfeld et Kistelt. La maison du roi couvrit la commanderie, où sa Majesté prit son logement.

Les troupes attaquèrent Lawfeld avec une valeur digne des plus grands éloges. Les revêtements terrassés qui faisaient un poste retranché de chaque verger; les flancs naturels qui s'y trouvaient et qui donnaient des feux croisés à ceux qui les défendaient; l'élite de l'infanterie anglaise, hanovrienne et hessoise, qu'on eut à combattre; la pluie froide et presque continuelle qu'il fît pendant l'attaque, et qui rendait le terrain glissant au point qu'on avait peine à se tenir; tels furent les obstacles que les Français eurent à surmonter; mais, en faisant leurs éloges, il y aurait de l'injustice à passer sous silence le courage et la fermeté opiniâtre des alliés.

Le roi témoigna, pendant toute l'action, cette tranquillité qui est l'âme des succès. Ayant toute confiance dans les moyens du maréchal de Saxe, chargé de la conduite des attaques, il ne fut jamais inquiet de celles qui ne réussissaient pas. Attentif à tout, il le faisait avertir de ce qui lui paraissait critique. S'apercevant, à la quatrième attaque de Lawfeld, que les alliés faisaient marcher leurs lignes pour soutenir le village, il donna ordre aux brigades de Navarre, Custine, Auvergne et de la Cour-au-Chantre, de se porter à l'appui de celles qui attaquaient. Le village ayant été pris pendant qu'elles étaient en marche, il les fit revenir à leurs postes. Sa présence sur la hauteur d'Heerderen contint le maréchal de Bathiany. Ce général ne put jamais croire que, Sa Majesté y étant, la gauche de l'armée française ne fût pas plus en force.

On ne saurait blâmer le maréchal de Saxe d'avoir exposé sa personne; il était essentiel que sa personne donnât plus d'essort au courage des troupes, le village de Lawfeld étant défendu par le prince Frédéric de Hesse, et soutenu par le duc de Cumberland.

5..

Le comte de Clermont-Prince et les officiers-généraux et par-
ticuliers qui combattirent dans cette journée firent des actions
de valeur qu'on ne saurait rendre. Les Français eurent six
mille hommes, tant tués que blessés, et les alliés dix mille. On
leur fit huit cents prisonniers; le général Ligonier, le comte
d'Isembourg, milord Robert Sewton et le fils de milord d'Alber-
male, furent de ce nombre.

Vingt-neuf pièces de canon, deux paires de timbales, neuf
drapeaux et sept étendards, furent les trophées de cette victoire.

VII

Il y avait lieu de penser que l'armée des alliés se retirerait sur Maëseyck, où elle avait envoyé ses équipages : c'était pour l'y obliger et l'éloigner de Maëstricht, que le roi avait attaqué la gauche de leur armée.

Dans la confiance qu'elle avait pris ce parti, Sa Majesté donna ordre, dans la nuit, au comte de Saint-Germain de partir le lendemain au jour, avec les pontons, trois brigades d'infanterie, deux de cavalerie et le régiment de dragons de Harcourt, et d'aller à Reeckem, pour y jeter un pont sur la Basse-Meuse. Le comte d'Estrées devait en même temps, avec son corps de troupes, renforcé de quinze bataillons, passer la Haute-Meuse à

Viset, au moyen de deux grands bateaux que le marquis du Mesnil était chargé de lui faire descendre de Liége.

Par ces dispositions, Maëstricht, l'objet de la bataille de Lawfeld, eût été investi ; mais Sa Majesté apprit, le 5, au point du jour, que les alliés, qui avaient d'abord suivi la route de la Basse-Meuse, s'étaient ravisés, et qu'ils avaient passé cette rivière entre Maëstricht et Smermaës.

D'après ce rapport, le comte de Saint-Germain occupa Kistelt, le comte d'Estrées fut envoyé à Heur-le-Romain, entre la Meuse et le Jaar : six bataillons et quinze escadrons de son corps de troupes y campèrent sur deux lignes ; la droite au ravin du ruisseau de Gronza, la gauche au ravin proche la Cense de Fromont, faisant face à Halebaille et à la Meuse ; sept autres bataillons et dix pièces de canon gardèrent depuis l'escarpement de la Meuse, au-dessus du château de Loine, jusqu'à l'escarpement du Jaar, proche Wonck ; le régiment de la Morlière logea dans Nay et Liese, et celui de Grassin, dans Hermale. Un régiment de grenadiers royaux et le régiment des hussards de Linden, masquèrent les débouchés de Coron-Meuse et de Herstal.

L'armée française campa, le 5, sur deux lignes ; sa droite à Emaël sur le Jaar ; sa gauche au petit Spauwe. L'artillerie fut distribuée en trois divisions sur le front de la première ligne ; on plaça la maison du roi, la gendarmerie, et le régiment des carabiniers sur la hauteur, depuis la commanderie du Vieux-Jonc, où Sa Majesté continua de loger jusqu'auprès de Bilsen.

Le corps du comte de Clermont-Prince appuya sa droite à Roesmeër ; sa gauche à Eygen-Bilsen.

Le régiment des Cantabres alla dans Hasselt ; l'hôpital des Anglais y était ; on le leur renvoya.

Deux régiments de grenadiers royaux et un régiment de dragons entrèrent dans Tongres pour la communication de

Saint-Tron et de Tirlemont, où il y avait deux bataillons d'infanterie et un régiment de cavalerie.

Le quartier général fut établi dans Hoesselt ; un régiment de dragons campa tout auprès. Celui des volontaires de Saxe cantonna entre Diépenbeck et Tongres. Le régiment des hussards de Beausobre eut ordre de joindre le comte de Saint-Germain. On mit dans Bilsen un détachement de grenadiers royaux. Trois compagnies de grenadiers occupèrent Schoenbeëck et le moulin de Brouchem, sur le Démer. La compagnie de Fischer alla dans Diépenbeeck.

Le comte de Clermont-Prince marcha, le 7, à l'abbaye d'Hoicten, où il mit sa droite ; sa gauche appuya à Reeckem : cette position ôtait aux alliés la communication de la Basse-Meuse.

L'armée ayant pris les armes ce même jour, le roi en fit la revue ; Sa Majesté vit ensuite, de la hauteur de Spauwe, la réjouissance pour le gain de la bataille de Lawfeld.

La brigade des vaisseaux se mit en marche, le 8, avec celle de cavalerie des Cravates : l'infanterie alla à Diest, Zichem et Aerschot, sur le Démer ; le régiment des Cravates, à Bruxelles ; et celui de Bellefonds, à Louvain. La brigade de Touraine et celle de Custine les suivirent le lendemain, sous les ordres des marquis d'Anzely et de Montbarrey ; la brigade de cavalerie de Dauphin-Etranger, qui était à Saint-Tron et à Tirlemont, se joignit à ces deux brigades. Elles se rendirent à Malines, aux ordres du comte de Lowendal. La brigade de cavalerie de Royal-Etranger occupa Saint-Tron et Tirlemont.

L'armée avait vécu jusqu'alors des substances qu'elle avait trouvées dans le camp : elle fit, le 10, un fourrage général. Le marquis de Salières, lieutenant-général, et le comte de Noailles, maréchal-de-camp, protégèrent ce fourrage avec trente compagnies de grenadiers, quatre mille cinq cents maîtres dont neuf cents de la brigade de la maison du roi, et vingt pièces de canon. Ce fourrage appuya sa droite au Jaar ; sa gauche au ruisseau de Lonacken ; son front borda la Meuse et les glacis de Maëstricht, depuis l'escarpement du fort Saint-Pierre jusqu'à l'abbaye d'Hoichten.

Le comte d'Estrées fut renforcé, le 11, d'une brigade d'infanterie et d'une artillerie, que le comte de Saint-Germain lui fit passer. On lui envoya aussi des outils pour travailler à un retranchement d'environ trois cents toises, sur la montagne Saint-Pierre ; deux brigades d'infanterie y campèrent sur deux lignes ; leurs grenadiers occupèrent le château César, sous les ordres du marquis de Rouget, brigadier. Le comte d'Estrées établit en même temps des ponts sur le Joar, pour sa communication avec l'armée ; ses troupes légères continuèrent de garder la Meuse depuis le village de Nay jusqu'à Liége.

La position des ennemis, derrière Maëstricht, ôtait toute possibilité d'attaquer cette place. Le siége de Berg-op-zoom fut résolu. Sa situation et sa force n'étaient pas bien connues. Les difficultés infinies qu'on y a trouvées, et le peu de vraisemblance que cette ville dût être prise, étant ravitaillée sans cesse en troupes et en munitions, ont rendu ce siége un des plus mémorables et des plus dignes d'immortaliser la nation française.

Le comte de Lowendal chargé de ce siége, était parti, le 10, de Malines pour Ossendrecht ; en y arrivant, il fit occuper Santvlier par M. de Lally, avec le régiment des grenadiers royaux, de Chabrillant, cinquante volontaires et deux cents dragons. M. de Lally établit des batteries de canons et de mortiers sur l'Escaut pour inquiéter la communication de Lillo avec la Hollande.

Le comte de Lowendal arriva, ls 12, devant Berg-op-zoom, il mit sa droite à l'Escaut ; sa gauche, à la Zoom. La tranchée fut ouverte devant cette place, le nuit du 14 au 15, par deux

mille quatre cents travailleurs, soutenus par dix compagnies
de grenadiers, et cinq bataillons, aux ordres du duc de Chevreuse.

Le prince de Saxe Hilburghausem était auprès de Bréda,
avec un corps de troupes. Dès qu'il fut assuré que le comte
de Lowendal en voulait à Berg-op-zoom, il marcha à Stéem-
berg, d'où il pouvait, au moyen d'un pont qu'il jeta près de
l'écluse bleue, communiquer avec Berg-op-zoom, à couvert
des lignes.

Le comte d'Estrées et M. de Crémilles s'avancèrent, le 13,
avec deux cents maîtres, cinquante hussards et huit compagnies de grenadiers, jusque sur la hauteur où est situé ce
fort; ils laissèrent le reste de leur détachement en arrière,
pour protéger leur retraite. Ils avaient à peine fini leurs obser-
vations, qu'ils furent assaillis par trois cents hussards, soutenus de trois cents dragons; les troupes qu'ils avaient en
avant se replièrent en bon ordre sur les grenadiers, qui, par
leur feu, obligèrent les ennemis à se retirer. Le détachement
du régiment de Broglie se distingua et souffrit beaucoup dans
cette attaque : ses trois officiers y furent blessés.

La gauche de l'armée des alliés, étant allée s'appuyer à la
Bervine, et le général Trips, ayant remonté la Meuse vers
Liége, la brigade d'infanterie de Royal-Suédois et le régiment
d'Orléans, dragons, se rendirent, le 15, de Namurs à Huy. Ces
troupes devaient être sous les ordres du comte d'Estrées, et
continuer la ligne de défense de la Meuse. Trois escadrons du
régiment de Vintimille restèrent dans Namur ; le quatrième
alla à Charleroy.

La position du comte d'Estrées, sur la montagne Saint-
Pierre, avait déterminé les alliés à jeter un pont sur la Meuse,
au-dessus de Maëstricht. Ils tracèrent, sur le Lichtemberg, et
de la Meuse au Jaar, un retranchement qu'ils firent occuper
par onze de leurs bataillons, avec du canon, sous les ordres
du prince Frédéric de Hesse.

Le camp du comte de Clermont-Prince donnant aussi de l'inquiétude aux alliés, ils poussèrent M. de Baronnay à Maëseyck, qu'ils travaillèrent à fortifier. On eut d'abord le dessein de leur enlever ce poste ; mais étant trop éloigné de l'armée pour être gardé, et ayant peu d'espérauce d'y surprendre des troupes légères, qui pouvaient repasser la Meuse à gué, on renonça à ce projet.

Le roi, trouvant le comte de Clermont-Prince un peu trop loin de la gauche de son armée, fit prendre au comte de Saint-Germain un camp intermédiaire; la droite à Wettwésel, la gauche à Lenaken. Le comte de Saint-Germain couvrit le front de son camp avec des redoutes. Kistelt et Monténaken furent gardés par des détachements de l'armée, sous le commandement du comte Raymond, brigadier et lieutenant-colonel du régiment de Vexin.

L'armée fit, le 15, un fourrage général, à peu près dans le même terrain que le dernier. Le comte de Croissy, lieutenant-général, et le comte de Montmorenoy, maréchal de camp, couvrirent ce fourrage avec vingt-quatre compagnies de grenadiers, deux mille sept cents fusiliers, deux mille chevaux et vingt pièces de canon : il fut aussi tranqullie que le précédent; il n'y eut que quelques coups de canon tirés, des remparts de Makstricht, sur les sentinelles avancés.

Le roi, ayant été informé que les Anglais avaient laissé un magasin de grains et de farine à Peer, chargea le baron de Dieskau, colonel-commandant du régiment de Saxe, volontaires, d'aller l'enlever. Cet officier partit d'Hassel, le 15, à neuf heures du soir, avec cent hulans ou dragons, cinq cents maîtres, la compagnie de Fischer, deux cents Cantabres et cinq cents hommes d'infanterie. Le baron de Dieskau apprit, dans sa route, qu'il y avait quatre-vingts hussards dans un hameau près de Zenoven. Il y marcha; mais ils n'y étaient plus. Le baron de Dieskau ne trouva point d'ennemis à Peer ; il s'empara de leur magasin, qu'il conduisit au camp.

Pendant que le baron de Dieskau se portait sur Peer, un détachement du comte de Clermont-Prince s'avançait sur Brey, sous les ordres de M. de Pierrefeu, brigadier et lieutenant-colonel du régiment de cavalerie de Conty. On profita de la protection de ces deux détachements pour prendre connaissance du pays, les circonstances pouvant obliger à marcher sur Eidhovin.

Le siége de Berg-op-zoom causait beaucoup de rumeur en Hollande ; la crainte de perdre cette place engagea les États-Généraux à donner ordre au prince de Valdeck d'aller au secours de cette place, avec une partie des troupes hollandaises campées sous Maëstricht. Ce général devait être joint, dans sa route, par les troupes de Hesse et de Wurzberg, prises nouvellement à la solde des États-Généraux.

Le roi, ayant eu avis du départ du prince de Waldeck, fit rendre le comte de Saint-Germain, avec son corps de troupes, d'abord à Berchloën, et ensuite à Mercksen, au-delà d'Anvers, où il devait attendre les ordres du comte de Lowendal. Ces premières troupes, parties de l'armée pour Berg-op zoom, y étaient déjà rendues ; les deux bataillons de milices de Mantes et de Soissons, qu'on avait tirés de la Flandre-Hollandaise, y étaient aussi arrivés.

Le départ du comte de Saint-Germain exigeant que le comte de Clermont changeàt de position, son corps de troupes appuya la droits à Weltwesel ; la gauche à Hoicten.

Le roi alla, le 19, voir le champ de bataille de Rocoux ; il y dina sous ses tentes, au milieu d'une foule extraordinaire du peuple de Liége. Sa Majesté passa ensuite en revue le corps des troupes du comte d'Estrées, et visita les retranchements de la montagne Saint-Pierre.

Le prince de Saxe-Hilburghaussen, étant entré dans les lignes, entre Steeberg et Berg-op-zoom, la brigade d'infanterie de Limosin, et huit escadrons de dragons des régiments de Caraman et de Sedtamanie, allèrent joindre le comte de Lowendal.

Ces troupes marchèrent avec le marquis de Contades et Rolingue. Lowendal chargea le marquis de Contades du commande-dement d'Ossendrecht et de d'Haberghen.

Pour partager l'attention du camp de Steenberg, le comte de Lowendal ouvrit la tranchée, la nuit du 24 au 25, devant le fort de Roovers. Ce fort était dans le centre des ligues et dans l'entre-deux de l'inondation. Cette tranchée fut montée chaque jour par un bataillon des brigades d'infanterie de Touraine et de Custine : elles campèrent, pour cet effet, de l'autre côté de la Zoom, sous les ordres du duc de Chevreuse.

Il se passa alors, au corps du comte de Clermont-Prince, une action qui mérite d'être citée :

« M. de Bienville, capitaine au régiment d'Heudicourt, était de grande garde vis-à-vis Maëstricht; il n'avait avec lui que son cornette et vingt cavaliers; son lieutenant, son maréchal-des-logis et le reste de sa troupe étant détachée. M. de Bienville fut attaqué par cent hussards, qui l'enveloppèrent. Malgré leurs efforts et leurs sommations de se rendre, cet officier opposa, pendant près d'une heure, une si vigoureuse résistance, qu'il donna le temps de venir à son secours. Le roi récompensa cette action de valeur.

Le général Trips se tenait près de la Chartreuse de Liége : il avait fait construire trois ponts sur la rivière d'Ourt, et envoyait des détachements jusqu'à la hauteur de Séray et du Val-Saint-Lambert. Pour empêcher ses incursions sur la Haute-Meuse, le marquis d'Armentières alla commander dans Huy. Le comte d'Estrées changea en même temps la position d'une partie de ses troupes, pour soutenir, autant que cela se pouvait, la communication avec Huy, mais la grande distance de cette ville à son camp ne lui permettant pas de donner un prompt secours à quelques-uns des postes intermédiaires, il ordonna aux officiers qui les gardaient de se replier en cas d'attaque d'un ennemi supérieur ; ceux de la droite, sur Huy ; ceux de la gauche, sur Sainte-Walburge, faubourg de Liége.

L'armée des alliés campait toujours derrière Maëstricht, la droite à Amby, la gauche à Grosfeld. Elle avait trois ponts sur la Meuse, deux au dessous de Maëstricht et un au-dessus. Le général Trips masquait Liége. Le général Baronnay était à Esloë et Steyn ; la réserve du comte de Geisruck occupait Mansenhoven sur la Gueule.

Un train d'artillerie de vingt pièces de canon et de six mortiers fut envoyé, le 31 juillet, de Namur à Bruxelles. Il continua sa marche par terre jusqu'à Anvers, et de là à Berg-op-zoom. On fit venir de même, pendant tout le siége, des munitions de guerre de Namur ; et celles de bouche, d'Anvers et de Bruxelles : on peut juger combien il fallait vaincre d'obstacles pour venir à bout de cette entreprise.

Le comte de Lowendal, pour mieux assurer ses convois et diminuer la fatigue des troupes chargées de leur escorte, plaça le comte d'Hérpuville à Eckeren ; M. de Beausopre occupa Straboeck, avec son régiment de hussards et un bataillon.

Le prince de Waldeck était arrivé, le 30, dans les environs de Breda. Il remit au comte de Schewarsemberg le commandement des troupes qu'il avait menées ; il partit ensuite pour ses états d'Allemagne. On attribue sa retraite à la préférence donnée au baron de Cronstrom, du commandement en chef de Berg-op-zoom, et des lignes de Steenberg.

Le baron de Cronstrom ayant renforcé le comte de Schwarszemberg de la cavalerie qui était dans les lignes, cette armée d'observation alla camper entre Oudenbosch et Rosendaël. Sa proximité engagea le comte de Lowendal à reconnaître les débouchés par où l'ennemi pouvait venir à lui, et à rapprocher le marquis de Contades et le comte de Saint-Germain.

Le corps du comte de Clermont-Prince fit un fourrage, le 31, aux ordres du chevalier de Nicolaï, maréchal-de-camp ; la droite de la chaine fut appuyée à la Meuse, qu'on garda sur tout son front ; la gauche se fermait au marais de Stochem, d'où elle revenait, le long des bruyères, sur Lonacken ; cinq cents chevaux et mille trois cents cinquante fusiliers de l'armée veillèrent, pendant le fourrage, à la sûreté du camp du comte de Clermont. M de Châtillon était avec trois cents volontaires près de Stochem, pour observer ce qui pourrait sortir de Maeseyck. Ces mêmes précautions furent prises dans un second fourrage que le comte de Clermont-Prince fit, trois jours après, du côté de Reeckem.

Les alliés ayant envoyé un nouveau détachement à Berg-op-zoom, aux ordres de M. de Baronay, la brigade des Vaisseaux se rendit à Eckerem ; elle fut suivie de la brigade des milices de Bergeret, de celle de cavalerie de Royal Étranger, et du régiment de Royal-Dragon. Ces troupes y arrivèrent le 10 au 11, sous les ordres du marquis de Montmorin. Leur départ occasiona une nouvelle disposition dans la communication de Bruxelles et du Démer. Un bataillon de grenadiers royaux et deux escadrons du régiment de Bellefond allèrent à Saint-Tron, les deux escadrons de ce régiment furent placés dans Tirlemont ; deux escadrons de celui des Cravates occupèrent Louvain. Le Démer fut gardé par un bataillon de la garnison de Louvain, par la compagnie de Fischer, et par quatre cent cinquante grenadiers ou fusiliers, qu'on détacha de l'armée.

Le roi, attentif à tout, donna ses ordres à M. de Séchelles pour la formation de trois magasins de fourrage sur les derrières de l'armée, à Dormaël, Landenfermé et Leau : ces magasins, fournis des contributions des comtés de Namur et du Hainault, du Wallon Brabant et des environs de Gettes et du Démer, devaient faire subsister l'armée sur la fin de la campagne. Ces magasins furent gardés par six cents fusiliers. M. de Crémille avait réglé avec les communautés de la rive droite du Démer jusqu'à Eindhoven, qu'elles enverraient à Hasselt leurs contributions en fourrages. Le 10 août, toute la cavalerie, l'artillerie et les vivres allèrent les y chercher.

Le comte de Lowendal ayant demandé des mineurs, le roi fit partir les compagnies de Delorme, de Deboule l'aîné et de Séols ; on les transporta sur des voitures, pour plus grande célérité.

Le corps du comte de Schwarszemberg ne laissait pas que de multiplier les difficultés du siége de Berg-op-zoom, par la facilité qu'il avait de soutenir cette place, et d'inquiéter les convois : pour diviser ses moyens, le comte de Saint-Germain fut détaché avec trente-deux escadrons et une brigade d'infanterie vers le Bois-le-Duc et Gertruydenberg. Ce mouvement devait naturellement engager le comte de Schwarszemberg à envoyer des troupes de ce côté-là, tant pour rassurer les peuples alarmés, que pour rétablir la communication avec l'armée des alliés, que le comte de Saint Germain devait interrompre.

Le comte de Schwarszemberg, instruit du départ du comte de Saint-Germain, et de l'arrivée prochaine d'un nouveau renfort au comte de Lowendal, crut le moment favorable pour l'attaquer ; il marcha, le 10, sur trois colonnes, au village de Woude, le comte de Lowendal l'avait fait retrancher, et en avait confié la défense au comte de Vaux. La brigade de Montboissier et le régiment des volontaires bretons y étaient sous ses ordres.

La première colonne des ennemis, composée de cinq compagnies de grenadiers et deux bataillons, marcha à une redoute, sur la chaussée de Rosendaël ; cette redoute était gardée par une compagnie de grenadiers du régiment de Montboissier, soutenue du second bataillon de ce régiment, et des piquets du régiment des volontaires bretons ; elle fut attaquée inutilement, depuis une heure du matin jusqu'à quatre heures du soir.

Six autres compagnies de grenadiers ennemis, suivies d'autant de piquets et de leurs compagnies franches, ne furent pas plus heureuses devant une seconde redoute, placée dans une compagnie de grenadiers du régiment d'Angoumois, et par cent fusiliers du régiment de Montboissier.

Quatre autres compagnies de grenadiers, avec seize piquets anglais ou écossais, et le régiment de Cornabé Wallon, se présentèrent quatre fois à une troisième redoute, sur le chemin de Bréda ; cent cinquante fusiliers de Montboissier et d'Angoumois étaient dedans ; ils ne purent être forcés, une pièce de canon qu'ils avaient sur la chaussée obligea cette colonne à se retirer.

Dès que le duc de Chevreuse avait eu avis que le village de Woude était attaqué, il avait marché avec les brigades de Touraine et de Custine, et avec celle des dragons du Mestre-de-camp. il masqua les débouchés par où l'ennemi pouvait se porter sur les dépôts ; il assura en même temps la communication de Woude avec l'armée.

Le comte de Lowendal, s'étant rendu à Woude, trouva, à son retour, l'ennemi en bataille dans la plaine de Nispen ; il fit battre sur-le-champ la générale, et disposa ses troupes pour le combat. Cette manœuvre en imposa à l'ennemi, qui prit le parti de regagner Oudenbosech.

Cette action, la seule de vigueur que les alliés tentèrent pendant le siége de Berg-op-zoom, leur coûta beaucoup. Il est vraisemblable qu'en attaquant le village de Woude, leur intention était d'engager le comte de Lowendal à dégarnir son camp, et de s'emparer de ses dépôts. Ils perdirent, à Woude, environ huit cents hommes.

Le comte de Saint-Germain rentra ce même jour avec des hussards prisonniers et des effets enlevés aux ennemis, le comte de Lowendal l'avait rappelé sur la nouvelle que M. de Baronnay était en marche pour joindre M. de Schwarszemberg.

Les secours qu'on envoyait continuellement du camp de Maëstricht à celui d'Oudenbosch mettaient le roi dans le cas d'affaillir son armée, et les fourrages en étant si éloignés qu'il fallait faire dix lieues pour en avoir, le roi résolut d'aller camper à Tongres. Son armée se rapprochait ainsi de ses magasins, et la bonté du poste devait donner toute facilité de le faire sans risque, tels détachements que les circonstances pourraient exiger.

Les gros équipages allèrent, le 13, parquer derrière Tongres, on y avait fait des magasins de paille pour les soldats, et chaque brigade avait été reconnaitre le terrain de son camp. Le roi avait aussi chargé le maréchal de Saxe de faire envelopper le Tongreberg par un camp retranché.

Le 14, à quatre heures du matin, les menus équipages de l'armée et ceux du corps du comte de Clermont-Prince se mirent en mouvement. Lorsqu'on battit l'assemblée, les troupes se rangèrent en bataille à la tête de leur camp. Le roi ayant envoyé l'ordre pour la marche, elle se fit sur huit colonnes : deux pour la réserve, une troisième pour l'aile gauche de cavalerie, deux pour l'infanterie, une pour l'artillerie et deux pour l'aile droite de cavalerie. Chaque colonne d'infanterie avait pour son arrière-garde particulière un détachement de grenadiers et de cavalerie, avec une brigade d'artillerie ; chaque colonne de cavalerie était fermé par un détachement de grenadiers.

Sa Majeste attendit, pour faire partir l'armée, que le corps du comte de Clermont-Prince fût arrivé à hauteur ; ce corps marcha sur deux colonnes.

Le roi, accompagné des maréchaux de Noailles et de Saxe, et du comte d'Argenson, resta quelque temps sur le plateau d'Heerderen ; il s'attendait à être attaqué par les alliés ; voyant qu'ils ne bougeaient pas, il se rendit à la justice de Tongreberg, pour voir entrer les troupes dans leur camp. Sa Majesté alla ensuite dans le château d'Hamal, destiné pour son logement.

L'arrière-garde principale de l'armée fut commandée par le

chevalier d'Apcher, lieutenant-général, et le marquis de Men-
nerbe, maréchal-de-camp; ils avaient avec eux vingt compagnies de grenadiers, mille fusiliers, trois cents maîtres de la
maison du roi, deux cents cavaliers du régiment des carabiniers, trois cents carabiniers de la cavalerie, les vieilles gardes
et postes, un détachement de volontaires à pied et une brigade
d'artillerie; ce détachement s'avança, à la générale, entre Kistelt
et Mentenaken. Le chevalier d'Apcher ne se retira qu'une heure
après l'armée. Le régiment des hussards de Polleresky, que le
maréchal de Saxe avait laissé sur la hauteur d'Heerderen pour
se joindre, dans le besoin, à l'arrière-garde, se replia ave elle.

En même temps que l'armée fit son mouvement, le comte
d'Estrées marcha à Heur-le-Romain: comme il devait continuer
d'occuper l'entre-deux de la Meuse et du Jaar, il avait mis son
nouveau camp en état de défense; sa droite appuya à l'escarpement de la Meuse, au-dessus du château de Loine; sa gauche,
au-dessus de l'escarpement du Jaar, entre Wonck et Basenge;
cet espace avait environ mille toises de long. Le comte d'Estrées
y campa sur deux lignes: sa première ligne était de trois brigades d'infanterie, et sa seconde ligne de seize escadrons; il
plaça un régiment de hussards et un bataillon faisant face au
Jaar; il en garda les bords par des postes qui communiquaient
avec ceux de l'armée. Le comte d'Estrées avait retranché les
haies de Hacour, entre Viset et les hauteurs de la Meuse; ce
terrain fut occupé par deux bataillons et deux régiments de
hussards, le reste des troupes du comte d'Estrées borda la
Meuse, depuis Viset jusqu'à Coron-Meuse.

L'armée française appuya sa droite, composée de la réserve,
au ravin de Kleng, près de la cense de Covenay; sa gauche se
fermait au marais de Bédoé: l'infanterie campa derrière Tongres,
ou dans le retranchement en avant de cette ville; la brigade de
Navarre occupa les haies de Frere; celles de Bettens et du colonel-
général de cavalerie furent placés de l'autre côté du ravin de Sleng;
l'artillerie était en deux divisions, l'une derrière le château de

Bétou, l'autre entre Tongres et le Trongreberg; on en mit une brigade sur la droite de la brigade de Navarre; la brigade des Gardes couvrait le quartier du roi, faisant face à la chaussée de Saint Tron, à Liége. Le bataillon des grenadiers royaux de Châtillon, qui gardait Tongres, alla près de la chaussée d'Asselt, en avant du château de Bétou, où logea le duc de Chartres; le quartier-général fut dans Tongres.

Le comte de Clermont-Prince avait sa droite à Guigoven, sa gauche au moulin de Vommertingen; ses dragons campèrent entre Vommertingen et la barrière d'Hasselt; et ses hussards entre Guigoven et d'Opleuve; le régiment de Rouergue, la compagnie de Rosenbers, et les Cantabres, gardèrent Hasselt; les cinquante hussards qui y étaient allèrent à Herckenrode. On laissa subsister les postes du Démer, entre Hasselt et Hallen, où on détacha deux cents grenadiers et cinquante hussards; on garda le ruisseau de Bétou jusqu'à Hieserenne, afin d'assurer la communication de l'armée avec Guigoven.

M. Fischer était dans Diest avec sa compagnie; il eut avis que le capitaine Magliarty, partisan anglais, était dans Béringen avec quatre-vingts hussards; il marcha à lui, le surprit, lui tua vingt-sept hommes, et en prit quarante-deux, avec autant de chevaux; M. de Magliarty, son lieutenant et deux maréchaux-des-logis furent faits prisonniers.

La brigade de Montmorin partit, le 16, du camp d'Hamal pour Eckeren, sous les ordres du chevalier de Pons, maréchal-de-camp.

L'armée des alliés pouvait, par sa position, dérober, pendant deux jours, la connaissance du départ des détachements qu'elle envoyait à Berg-op-zoom. Pour y remédier, le roi fit rendre, sur le Démer, entre Diest et Zichem, le comte de Courten, maréchal-de-camp, avec la brigade d'infanterie de la Cour-au-Chantre, les régiments des grenadiers royaux de Coincy et de la Tresne, les deux brigades de cavalerie du Roi et de Royal-Polo-

Maurice de Saxe.   6

gne, et le régiment de la Morlière ; ce camp intermédiaire était à portée de joindre, dans le besoin, le comte de Lowendal et l'armée du roi.

Les alliés ayant remonté la Meuse, le 19, et avancé leur gauche à Argenteau, Sa Majesté fit faire un mouvement sur sa droite aux brigades de Bettens et du colonel-général ; elle donna ordre en même temps au prince de Dombes de marcher, avec sa réserve, à l'appui du comte d'Estrées, dans le cas où les ennemis viendraient les attaquer.

Le 21 après midi, le roi alla voir le retranchement de Tongrebergh. Sa Majesté se rendit, deux jours après, au camp du comte d'Estrées, pour examiner les lignes.

Les alliés ayant envoyé encore vers Bréda dix huit escadrons et quatorze bataillons, sur l'avis de leur marche, le comte de Courten eut ordre de s'approcher de Berg-op-zoom. L'armée des alliés campait alors sur deux lignes, sa droite sur une hauteur proche Viset ; la cavalerie hollandaise était derrière Oost-Esden ; cette cavalerie avait sur sa droite, un peu plus bas que Maëstricht, les corps de réserve du prince de Wolffembutel et du comte de Daun ; la gauche de l'armée alliée s'étendait jusqu'à Heuse, sur le chemin de Liége. Cette armée avait, sur la montagne Saint-Pierre, un camp d'infanterie, avec un pont sur la Meuse, entre Bruyst et Lichtemberg. Le régiment d'Esterhazi hussards et celui d'infanterie hongroise de Trenck étaient entre Smermaës et Maesseyck pour garder la Basse Meuse. Le général Trips se tenait tout près de Liége, avec des postes avancés jusqu'au-delà du val Saint-Lamber.

Le duc d'Havré, maréchal de camp, partit, le 29, pour Berg-op-zoom, avec les brigades d'infanterie d'Orléans et de Monin, et les hussards de Polleresky. Les alliés venaient d'y faire marcher un corps de troupes légères avec le comte de Tornaco. Leur objet paraissant être d'inquiéter les convois du comte de Lowendal, le roi donna ses ordres pour qu'il eût toujours au camp de Berg-op-zoom un approvisionnement considérable en bisquit et du fourrage au moins pour dix jours.

Un parti des hussards ennemis ayant traversé une partie du Luxembourg pour entrer en Champagne, ce procédé, contraire à la neutralité de ce duché, fut désavoué par le feld-maréchal, comte de Neuperg. Il promit de faire justice de ces gens sans aveu, s'ils étaient pris dans son gouvernement.

La flotte anglaise paraissait de temps en temps vis-à-vis Ostende et Nieuport, et quelques chaloupes étaient venues à terre prendre des informations sur la force et l'état de leurs garnisons. Sa Majesté, en étant informée, fit partir, le 2 septembre, M. Doiré, ingénieur, tant pour visiter ces places que pour se jeter dans celle qu'on voudrait attaquer. Le comte de Lowendal eut ordre d'envoyer dans le pays de Waës les régiments de dragons de Caraman et de Septimanie.

Cependant le siége de Berg-op-zoom tirait à sa fin : les alliés faisant tous leurs efforts pour prévenir la prise de cette place, le roi prit toutes les mesures pour assurer l'arrivée des convois. Dans cet objet, il fit marcher, le 7 septembre, à Hérentals, le marquis d'Armentières et le chevalier de Muy, avec la brigade de cavalerie de Royal-Piémont, et le régiment de hussards de Bercheny. Le comte de Lowendal devait y faire trouver la brigade de cavalerie du roi, et le régiment de la Mortière; quatre cents volontaires à pied, qu'il y avait de ces côtés-là, étaient aussi sous les ordres du marquis d'Armentières. Cet officier-général pouvait, avec ces moyens, et de concert avec le comte d'Hérouville, placé à Eckéren, s'opposer aux incursions de M. de Baronnay, campé à Hoogstratem.

Le comte de Chanclos avait été envoyé au camp d'Oudenbosch, pour en prendre le commandement. Le comte de Lowendal avait suffisamment de troupes à lui opposer, au cas qu'il marchât à lui; il ne lui manquait que de l'artillerie de campagne;

6.

le roi lui envoya, le 10 septembre, vingt pièces de canon de quatre livres de balles.

M. de Ruvénye, capitaine dans le régiment de cavalerie de Dauphin-Étranger, avait été attaqué au Vieu-Dieu, sur la chaussée d'Anvers à Malines, par un gros corps de Croates et de hussards : son détachement, de cinquante carabiniers de la cavalerie, faisait partie d'un plus considérable, chargé d'aller au-devant d'un convoi qui venait de Malines à Anvers ; il avait été laissé par l'officier principal, à la jonction des deux chaussées de Lier et de Malines. Les ennemis, informés de la faiblesse de sa troupe, l'enveloppèrent, et, l'ayant fait sommer inutilement de se rendre, ils l'attaquèrent pendant une heure et demie. M. de Ruvénye s'était placé dans une maison qu'on bâtissait, et dont le mur, peu élevé, lui servait de retranchement. Comme il n'était pas aisé de l'y forcer, les alliés montèrent dans la maison à côté : ils en découvrirent le toit, et jetant des matières enflammées sur ces braves soldats, il les forcèrent à se rendre, après la perte du lieutenant, du maréchal-des-logis et de plusieurs cavaliers. Le comte de Chanclos, informé de la belle défense de cette troupe, renvoya, sur leurs paroles, les cavaliers faits prisonniers, marque honorable de la justice et de la confiance due à leur valeur.

La Meuse ayant baissé considérablement, le général Trips résolut d'en profiter pour insulter les postes des Français, entre Huy et Liége. Il passa cette rivière, la nuit du 12 au 13, en cinq endroits, avec un gros corps de hussards et de pandours. Un seul escadron de dragons fut maltraité ; les autres troupes se replièrent sur Liége et sur Huy ; le marquis de la Marche, maréchal-de-camp, y commandait depuis le départ du marquis d'Armentières ; il fit sortir des grenadiers, qui mirent les hussards en fuite.

Sur l'avis que le général Trips avait passé la Meuse entre Liége et Huy, le duc de Broglio s'était porté de ces côtés-là avec les piquets du corps du comte d'Estrées. Le roi avait détaché le duc d'Ayen à Choquier, avec un gros détachement et du canon pour attaquer tout ce qu'il trouverait d'ennemis en deçà de la Meuse. Le général Trips ayant repassé cette rivière avant qu'on pût le rejoindre, les troupes françaises reprirent leurs premiers postes.

Malgré les sorties de la garnison de Berg-op-Zoom, et les galeries de mine qu'on trouvait à chaque pas, le comte de Lowendal avait établi ses batteries en brèches ; ces brèches devant être praticables dans peu, il s'était fait joindre par le marquis d'Armentières, avant d'avoir un corps de cavalerie à oppoer au comte de Chanclos, pendant que son infanterie serait employée à l'assaut de la place. Tout était disposé pour le donner la nuit du 14 au 15, mais les brèches n'ayant pas été jugées dans l'état convenable, il fut différé de vingt-quatre heures.

L'attaque de la droite et du bastion dit la pucelle fut confiée à une compagnie de grenadiers du régiment d'Eu, à deux compagnies de chacun des régiments de Coincy, Chabrillant et la Tresne, et à cinquante dragons à pied du régiment royal. Ces premières troupes, conduites par M. de Saint-Afrique, lieutenant-colonel, devaient être soutenues par les premiers bataillons des régiments de Normandie, Montboissier et d'Eu, sous les ordres de M. de Faucon, brigadier. Ces trois bataillons devaient être suivis de trois brigades de sapeurs, de vingt canonniers, de huit ouvriers avec des haches et pioches à masses, d'un ingénieur et de trois cents travailleurs. Le premier bataillon de chacun des régiments de Montmorin, de Royal-Vaisseaux et de Beauvoisis étaient destinés à marcher à l'appui de cette attaque : ils devaient attendre, au débouché du fossé, les ordres de M. de Faucon.

Pareille disposition était ordonnée pour l'attaque de la gauche au bastion de Cohorn ; M. de Piat, lieutenant-colonel devait y marcher, à la tête de deux compagnies de grenadiers du régiment royal, d'une de celui de Limosin, de deux du régiment de

Chantilly et de cinquante dragons du régiment de Harcourt. Tondu, brigadier, chargé de cette attaque, devait suivre avec les premiers bataillons des régiments de Limosin, d'Orléans et de Rochefort.

L'attaque du centre ou de la demi-lune, que commandait M. de Courbuisson, brigadier, avait à sa tête cent volontaires, aux ordres de MM. de Godard d'Helincourt et de Vallon. Après eux venaient quatre compagnies de grenadiers, une du régiment de Montmorin, deux du régiment de dauphin, et une du régiment de Coincy. A la suite de ces grenadiers devaient marcher le premier bataillon du régiment dauphin, deux brigades de sapeurs, dix canonniers et trois cents cavaliers. Le marquis de Relingue, maréchal-de-camp de tranchée, avait sous ses ordres deux bataillons du régiment de Normandie, et le premier de celui de Laval ; six compagnies de grenadiers auxiliaires, deux cents dragons et deux cents maîtres.

Un bataillon du régiment de Touraine, une compagnie de grenadiers, deux piquets d'infanterie, et deux piquets de dragons, étaient destinés pour la tranchée du fort Roovers.

Le reste des troupes devait se mettre en bataille dans le camp, et y attendre de nouveaux ordres.

Le signal de l'assaut ayant été donné, le 15, à quatre heures et demie du matin, par deux salves de mortiers et de longues fusées, à droite, à gauche et au centre, trois attaques commencèrent en même temps. Les troupes renversèrent tout ce qui se trouva sur leur passage ; ayant forcé les coupures que les ennemis avaient faites dans les bastions, elles se mirent en bataille dans chaque bastion, et de droite et de gauche sur le rempart.

Des troupes qui défendaient la demi-lune, aucun officier ni soldat ne s'échappa, leur retraite ayant été coupée par les volontaires et les grenadiers.

Maîtres d'une partie du rempart et des portes d'Anvers et de Fréda, quelques bataillons entrèrent dans la ville ; les volontaires et les grenadiers s'y étaient déjà introduits par la poterne, et avaient poussé les troupes qui s'étaient présentées dans les premières rues. Une partie de la garnison s'étant rassemblée sur la place, et s'étant jetée dans les maisons voisines d'où elle faisait un feu très-vif, les Français y entrèrent, et passèrent au fil de l'épée les hommes qui ne se rendirent pas. Les régiments de Rechteren et de Colliar furent presque détruits, après une résistance de près de deux heures qui mérite des éloges. Le comte de Lugeac, colonel du régiment de Beauvoisis, fit des prodiges de valeur; il s'empara de la porte du port, et fit sommer le commandant du fort de Zeude, qui se rendit à discrétion.

Pour occuper l'attention de l'ennemi, le comte de Lowendal avait chargé le comte de Custine de faire de fausses attaques aux forts de Mormont, de Pinsen et de Roovers. Le comte de Custine se jeta, l'épée à la main, dans les deux premiers, il y tua cinquante hommes, et y fit cent prisonniers; il trouva le troisième fort abandonnée. Le comte de Périgord, le prince de Rochefort, le prince de Robecq, le duc de Laval, le duc d'Olonne, les marquis de Fusigneu, de Montmorin et de la Blanche, les comtes de Basleroi, Monthoissier, de Castelane, de Lillebonne, de Grammont, de Civrac, de Coincy et de la Tresne, les chevaliers de Chantilly et de Chabrillant, et généralement tous les officiers employés dans les attaques ou pour les soutenir, se conduisirent avec la plus grande distinction.

Le baron de Cronstom, le prince de Hesse Philipstal et le prince d'Anhalt, eurent toutes les peines du monde à se sauver; ils perdirent leurs équipages; le prince de Hesse fut blessé.

M. de Leuwe, général-major, plusieurs colonels et lieutenants-colonels, furent pris.

La perte des ennemis, tant tués et blessés que pris, fut d'environ quatre mille hommes, les Français y eurent quatre cents hommes tués ou blessés.

Le roi apprit la prise de Berg-op-zoom, le 17, au matin, par le chevalier d'Hallot, major du régiment de Normandie. Sa Majesté nomma tout de suite maréchal de France le comte de Lowendal. Le comte de Périgord lui présenta, le lendemain, les drapeaux pris dans laplace.

Les grandes opérations de l'armée étant terminées, le roi partit du château d'Hamal, le 23 au matin, avec le comte d'Argenson. Sa Majesté, au moment de son départ, déclara le maréchal de Saxe commandant-général des Pays-Bas.

Le roi alla coucher, le premier jour, à Bruxelles, le lendemain à Lille, le troisième jour à Compiègne, et le quatrième à Versailles. Le maréchal de Noailles était parti de Tongres trois jours avant le roi, il alla voir Berg-op-zoom; il se rendit ensuite auprès de Sa Majesté.

Les Anglais continuant de menacer les côtes de France d'une descente, plusieurs régiments partirent du camp du comte de Lowendal, pour se rendre à Calais, d'où ils devaient, suivant les circonstances, marcher en Normandie ou en Bretagne.

Le 25 au matin, les troupes campées sous Berg-op-zoom allèrent, sur trois colonnes, à Chapelle. Le comte de Blet, maréchal-de-camp, destiné à commander dans Berg-op-zoom, y entra avec huit bataillons, le régiment de Hartcourt dragons, et celui des volontaires bretons. Douze bataillons restèrent campés sur les glacis, aux ordres du comte de Courten, jusqu'à ce qu'on eût réparé les brèches et ravitaillé la place.

La brigade d'infanterie d'Orléans et le régiment d'infanterie de Diesbach, étaient, depuis le 25, à Sanvliet, avec le bataillon des milices de Mante; ces troupes devaient assiéger le fort Frédéric.

Le 26, le corps de troupes du comte de Lowendal se porta sur Braxschoten; toute sa cavalerie, à l'exception d'une brigade, y campa sur la droite; elle fut couverte par deux brigades d'infanterie et par un régiment de hussards ; cette droite était sous les ordres du marquis d'Armentières. Le gros de l'infanterie, campé à la gauche avait sur son flanc une brigade de cavalerie, et, en avant, un régiment de hussards, soutenu par deux bataillons. Un régiment de hussards logea dans Stabroeck, et un régiment de dragons occupa Merocksem.

Le maréchal de Lowendal avait la fièvre depuis plusieurs jours ; il alla, le 20, à Anvers ; le marquis de Contades prit le commandement de son corps de troupes.

Un détachement de dix compagnies de grenadiers, de mille fusiliers, de mille chevaux et de deux cents hussards, sous les ordres du marquis de Lussan, escorta, le 28 au matin, jusqu'à Ossendrecht, un convoi de pain et un trésor destiné pour Berg-op-zoom ; le comte de Courten envoya deux mille hommes au-devant de ce convoi.

La tranchée fut ouverte, la nuit du 28 au 29, devant le fort Frédéric, sous les ordres de M. de Lally, brigadier. La tranchée ne fut montée au fort Frédéric que par des piquets et des compagnies de grenadiers ; un maréchal de-camp allait tous les jours passer vingt-quatre heures à Sanvliet, pour veiller sur cette attaque. La direction de ce siége fut confiée, le 2 septembre, à M. de Bonaventure, brigadier ; cet officier fut chargé aussi de celui du fort de Lillo.

Les alliés tentèrent de faire entrer des vivres par eau dans le fort Frédéric. Les Français avaient des batteries sur le bord de l'Escaut : elles obligèrent les barques de se rendre ; on les conduisit à Sanvliet.

La brigade d'infanterie d'Orléans, et le premier et le troisième bataillons de celui de Diesbach, allèrent, le 19, camper à Braxschoten. Le deuxième bataillon de Diesbach marcha, le même jour, à Doël, pour protéger les batteries de la rive gauche de l'Escaut. La prise de Berg-op-zoom avait causé une telle rumeur en Hollande, que, pour tranquilliser le peuple, le prince

6..

de Wolffembutel partit, le 24, du camp de Maëstricht pour Oudenbosch, avec dix-sept bataillons et vingt-un escadrons. Cinq jours après, le maréchal de Bathiany s'y rendit en poste.

La maison du roi et la gendarmerie quittèrent Tongres, le 29, pour aller cantonner entre Louvain et Bruxelles : ces deux corps prirent, le 6 octobre, la route de leurs quartiers d'hiver.

La brigade des gardes partit, le 30, pour Louvain. Tous les gros fardeaux de l'artillerie se rendirent le même jour à Saint-Tron : ils y furent joints, le 2 octobre, par l'artillerie et par les équipages de l'armée. Le maréchal de Saxe ne garda avec lui que trois brigades de canon.

Le régiment de Bettens, destiné pour la Normandie, escorta les gros équipages. Huit cents fusiliers et quatre cents maîtres occupèrent en même temps les villages sur la chaussée de St-Tron à Louvain, avec ordre de ne se retirer qu'avec l'armée.

La brigade de la maison du roi, celles des gardes et l'artillerie, précédèrent l'armée; en voici le motif, connu de bien peu de personnes. Un espion du duc de Cumberland s'était adressé, à Liége, à un soldat du régiment des gardes, qui écrivait dans le secrétariat du marquis de Vaudreuil, major-général. Il lui avait promis une récompense considérable, s'il lui procurait un état de la force des troupes françaises, qui restaient dans le camp de Tongres. Ce soldat fit semblant de consentir à la proposition : il la communiqua au chevalier de Sinnety, aide-major-général, qui en instruisit le maréchal de Saxe. Ce général crut y trouver la possibilité de faire donner le duc de Cumberland dans un piége favorable à ses vues. Pour que le duc de Cumberland prit toute confiance dans le soldat qu'on avait voulu suborner, le maréchal de Saxe lui fit remettre un plan exact des fortifications de Tongreberg, et le nombre des troupes qui le gardaient; il y avait joint une note des jours où devaient partir la brigade de la maison du roi, celles des gardes, l'artillerie et les autres corps, campés à Tongres. Le maréchal de

Saxe espérait que, d'après ces rapports, le duc de Cumberland séparerait ses troupes, et que Maëstricht étant abandonné à ses propres forces, il lui serait facile de l'investir et d'en faire le siége. Mais le duc de Cumberland n'ayant pas bougé, le maréchal de Saxe se décida à ramener son armée derrière la Dyle. Il y avait fait former trois magasins : l'un à Louvain, l'autre à Wavre, le troisième à Steinokézel.

Le 3, au matin, les troupes françaises qui étaient de l'autre côté du Jaar le repassèrent au-dessus de Tongres : elles campèrent derrière cette rivière, et portèrent leur droite vers Horelle. Le comte d'Estrées se replia en même temps en-deçà du ravin de Sleng; son arrière-garde, commandée par le duc de Broglio, ne fut point inquiétée. Le comte d'Estrées campa sur deux lignes; sa gauche à la chaussée de Saint-Tron, à Liége; sa droite, à Berglié. Le maréchal de Saxe monta à cheval, le 3, à six heures du matin; il s'avança, avec son régiment de cavalerie, sur la chaussée de Tongres, à Liége, près de Perce. Il ne se retira que quand le corps d'Estrées eut passé le ravin. A peine était-il parti, que sa garde ordinaire d'hulans, qu'il avait poussée en avant, fut enveloppée, à la barrière de Juprelle, par un gros corps de hussards et de pandours. Le baron de Vitzum la commandait; il manœuvrait très-bien et se replia sur Vihogne. Les hussards, continuant de le harceler, le duc de Broglio, qui se trouvait tout auprès avec l'arrière-garde du comte d'Estrées, fit avancer des grenadiers; les hussards se retirèrent dès qu'ils parurent.

Le marquis de la Marche quitta, ce même jour, Huy, et se rendit dans Namur, avec les troupes qui étaient sous ses ordres.

L'armée française s'était mise en mouvement, le 4, pour Saint-Tron, le corps du comte d'Estrées alla camper à Landefermé; celui de Clermont-Prince se replia sur Leau. Les postes du Démer furent retirés par le comte de Rouffiac, qui occupa Halem. L'arrière-garde de l'armée, en partant de Tongres, fut composée de deux cents carabiniers, de cent maîtres, de cinquante

dragons, de six compagnies de grenadiers, de trois cents fusiliers, des vieilles gardes et postes, des trois brigades d'artillerie
restées avec l'armée, d'un bataillon de grenadiers royaux de
Châtillon, et du régiment des volontaires de Saxe. Le comte de
Pontchartrain, lieutenant-général, et le marquis de Pons, maréchal-de-camp, commandaient cette arrière-garde; il ne parut
que quelques hussards que les hulans forcèrent à s'éloigner.

L'armée campa sur deux lignes, derrière Saint Tron. Le maréchal de Saxe y prit son logement. Le régiment d'infanterie de
la Marck et celui des dragons du colonel-général couvrirent
Saint-Tron. L'armée y séjourna, le 5, pour achever de consommer les fourrages qui y étaient en magasin. Les volontaires de
Saxe logeaient à Bruenstein, en avant de Saint-Tron; en étant
partis, le 5, pour aller à Tirlemont et Néer-landen, un gros corps
de hussards ennemis vint tirailler sur deux compagnies de
grenadiers du régiment du roi, campées entre Bruenstein et
Saint-Tron; on les fit replier l'armée, dont elles étaient trop
éloignées.

M. Fischer était toujours dans Diest : il y fut attaqué par trois
mille hommes, avec du canon. Il fit sauter le pont de pierre du
Démer, et joignit le comte de Rouffiac, qui, sur l'avis qu'un
corps des ennemis marchait sur Halen, par la rive gauche du
Démer, se rendit d'abord à Rens-berg et ensuite à Rotselaër.

Dès que le maréchal de Saxe fut instruit qu'un détachement
des alliés était en dedans du Démer, il envoya un régiment de
grenadiers royaux à Tirlemond d'où le régiment de Bellefond
était parti la veille, pour retourner en France. Le maréchal de
Saxe écrivit en même temps au duc de Biron de rester à Louvain
avec la brigade des gardes, jusqu'à l'arrivée de l'armée. Il le
chargea aussi de retirer le bataillon de milice qui était dans
Aerschot, et de le placer le long de la Basse-Dyle.

L'armée française se mit en marche, le 6 au matin, sur trois
colonnes : elle était précédée de ses menus équipages. Son ar-

rière-garde fut commandée par le marquis de Sennecière, lieutenant-général, et par le marquis de la Vauguyon, maréchal-de-camp.

Les volontaires à pied profitèrent d'un brouillard épais qu'il fit ce jour-là, pour s'embarquer près d'Osmaël : ils fusillèrent un corps de hussards qui suivait l'arrière-garde. Les hussards y perdirent une cinquantaine d'hommes.

L'armée campa sur deux lignes, derrière Tirlemont.

Le corps de troupes du comte de Clermont-Prince se rendit à l'abbaye de Linter ; celui du comte d'Estrées alla à Judoigne.

L'armée continua sa marche, le 7, dans le même ordre que le jour précédent : elle prit son camp derrière Louvain. L'infanterie fut mise en première ligne. Dans le moment que le marquis de Souvré arriva à Louvain, avec les campements de l'armée, la brigade des gardes partit pour Bruxelles.

L'arrière-garde de l'armée, de Tirlemont à Louvain, fut commandée par le marquis de Clermont-Galerande, lieutenant-général, et par le duc de Brissac, maréchal-de-camp.

Le corps de troupes du comte de Clermont-Prince passa la Dyle : il mit sa droite vis-à-vis Wichmale. Le comte d'Estrées alla à Wavre ; sa droite appuya aux censes de Bierge ; sa gauche à Ottemburch.

Il s'était glissé cinq cents hussards ennemis dans la forêt de Sogne : le maréchal de Saxe envoya à leur poursuite, le 8 au matin, les compagnies de Fischer et de Rosemberg, cent volontaires à pied et cent hulans. Le comte d'Estrées fit occuper Genappe, et le duc de Biron, les bords de la Senne. Le comte de Clermont-Prince devait garder la Basse-Dyle, et M. de Philippe, veiller sur Dinan et sur la Haute-Meuse. Les hussards eurent avis des mesures qu'on prenait pour les envelopper : ils se sauvèrent par Busenal. Pour prévenir leurs incursions, la compagnie de Fischer alla à Bintche ; celle des Croates fut placée à Watermaël ; le régiment de Grassin occupa Nivelle et Trasegnies. Deux détachements de ce régiment battirent, peu de jours après, deux des alliés vers les sources de la Dyle, et dans les environs de Gemblours.

Du côté de Ber-op-zoom, les alliés avaient profité de l'abandon de Woude pour l'occuper. Un de leurs partis de hussards enleva M. de Lally, brigadier. Cet officier faisait les fonctions d'aide-maréchal-général-des-logis, pendant la maladie du chevalier de Beauteville, et s'était hasardé d'aller seul reconnaître le pays.

La nuit du 7 au 8, un régiment de hussards et les compagnies franches hollandaises, attaquèrent le poste de Stabroeck ; ils y prirent cinquante hussards et autant de fusiliers, avec l'officier qui y commandait.

Les réparations des brèches de Ber-op-zoom étant avancées, le comte de Courten se rendit au camp de Braxschoten avec cinq bataillons ; les cinq autres qui étaient sous ses ordres restèrent campés sur les glacis de Ber-op-zoom.

Le maréchal de Saxe changea alors la position des troupes de son camp de Louvain. Il envoya à Wavre et à Florival les bataillons destinés à hiverner dans les évêchés ; il fit passer dans les environs de Malines ceux qui devaient demeurer dans la Flandre hollandaise et française et le long de l'Escaut ; il garda près de lui, à Louvain, l'infanterie désignée pour le Hainault et le Brabant. Ce même arrangement eut lieu pour la cavalerie, dans les cantonnements qu'elle prit, le 11, entre la Senne et la Dyle.

Le fort Frédéric s'était rendu, et on avait ouvert la tranchée devant celui de Lillo. Le chemin couvert, ayant été pris le 12 au soir, M. de Thierry, général-major, ne laissa dans Lillo que cinquante hommes ; il se retira avec le reste de sa garnison dans le fort de la Croix. Il espérait y obtenir une meilleure capitulation ; mais M. de Lage, ayant débarqué des troupes entre Lille et le fort de la Croix, M. de Thierry fut obligé de se rendre prisonnier de guerre ; cent hommes qu'il voulut faire échapper par le côté de Stabroeck furent pris par le comte de Baslerol.

Ces opérations finies, l'époque pour la séparation de l'armée fut fixée au 17 ; l'artillerie, à l'exception de dix pièces de canon, qui entrèrent dans Louvain, partit, le 15, pour Douai.

Cependant le sthatouder était arrivé, le 11, à Oudenbosch ; et on assurait que le duc de Cumberland devait le joindre avec une grande partie de son armée. Ces avis semblaient indiquer que les alliés n'attendaient que la séparation de l'armée française pour faire quelque entreprise ; le maréchal de Saxe en jugea de même, et suspendit le départ des troupes.

L'artillerie fut arrêtée à Bruxelles, et la brigade des gardes, à Halle, Braine-le-Comte, Soignies et Mons.

Le maréchal de Saxe alla coucher, le 16, à Malines ; il se rendit, le 17 à Anvers. La communication de Malines à Anvers était protégée par le régiment des hussards de Bercheny, et par quatre compagnies de grenadiers, placées à Contich, sous les ordres de M. de Lissac de la Porte, lieutenant-colonel d'infanterie.

Le marquis de Contades étant tombé malade, et s'étant fait transporter à Anvers, le marquis d'Armentières eut le commandement du camp de Braxschoten ; il fit un fourrage le 23 ; les hussards voulurent l'inquiéter ; le marquis d'Armentières leur opposa une compagnie de grenadiers du régiment de Saxe, et un piquet de celui de Lowendal, qui les firent retirer.

Ce maréchal de Saxe ayant appris, le 16, que le stathouder était retourné à La Haye, et que son voyage n'avait eu pour objet que l'arrangement des quartiers d'hiver, fit partir le corps du comte d'Estrées du 20 au 21. Ce corps marcha à Mézières, sur deux divisions; l'une aux ordres du comte de Ségur, l'autre sous ceux du marquis de Putange. Les troupes du maréchal de Lowendal se replièrent en même temps; celles destinées pour la Haute-Meuse et les frontières de Champagne campèrent à Contich; celles qui devaient rester dans la Flandre hollandaise ou dans les places maritimes se rendirent à Damme.

Le maréchal de Saxe alla, le 21, d'Anvers à Bruxelles; son armée fut entièrement séparée du 23 au 26.

Le 30, un convoi considérable, avec dix pièces de canon, partit de Berg-op-zoom pour Anvers; le comte de Vaux commandait l'escorte. Elle était composée de la brigade d'infanterie de Montboisier et du régiment des volontaires bretons. Ce régiment avait au plus trente hommes sous les armes, par rapport au grand nombre de ses malades; la brigade d'infanterie était aussi d'une faiblesse extrême. Le convoi fut attaqué dans les bruyères, entre Ossendrecht et le village de Putte, par un gros corps de troupes légères des ennemis, cavalerie et infanterie; quatre cents hussards fondirent sur le centre du convoi, pendant que les Croates attaquaient l'arrière garde; ils furent repoussés. Le marquis du Rouget était sur le chemin de Sanvliet, avec cent chevaux des régiments de Grassin et de la Morlière. Étant accouru au bruit des coups de fusils, ce secours et deux pièces de canon qu'on pointa sur les ennemis les décidèrent à s'éloigner. Les Français y perdirent M. de Kermelec, colonel du régiment des volontaires bretons.

Les troupes des alliés, campées dans les environs de Maëstricht, commencèrent à se séparer le 12 novembre; celles du camp d'Oudenbosch ne le quittèrent que le 6. Le maréchal de Saxe, avant son départ pour Paris, concerta les moyens de s'opposer aux entreprises que les alliés pourraient tenter pendant son absence. La conduite des convois d'Anvers à Berg-op-zoom méritait une attention particulière; ils devaient avoir lieu tout l'hiver, et coucher à moitié chemin de ces deux places. Ainsi il n'était pas possible de dérober aux ennemis la connaissance de leur marche, ni la force de leur escorte. Malgré ces désavantages et les attaques continuelles des alliés, les convois arrivèrent à leur destination, par les soins et les sages mesures du marquis de Salières, commandant dans Anvers, et du comte de Blet, commandant de Berg-op-zoom, sans autre perte que celle de quelques hommes et quelques chevaux.

Le comte de Saxe étant arrivé à Versailles sur la fin de décembre, on s'y occupa des projets de la campagne suivante ; le roi résolut de l'ouvrir dans les Pays-Bas par le siége de Maëstricht. Sa Majesté chargea le comte de Saxe de cette expédition. Le secret n'en fut confié qu'à MM. de Crémilles et Paris-Duverney, pour les arrangements des marches et substances : cette entreprise demandait les plus grandes précautions. Pour investir Maëstricht, il fallait faire marcher des troupes des deux côtés de la Meuse, et chacun de ces deux corps devait être livré à ses propres forces.

On régla que le maréchal de Lowendal, destiné à commander le corps des troupes de la rive droite de la Meuse, traverserait le Luxembourg, et se porterait sur la Geule par Limbourg, ou Verviers ; tandis que le maréchal de Saxe, donnant des inquiétudes pour Bréda, retiendrait les alliés à cette gauche, d'où il se rendrait diligemment au-dessous de Maëstricht, par Tirlemont, Saint-Tron et Tongres.

La saison et les distances mettant des obstacles à la prompte réunion des troupes alliés, il était à présumer que dès que les Autrichiens les plus à portée de protéger Maëstricht apprendraient les mouvements du maréchal de Lowendal, ils s'avanceraient sur la Weze pour lui en disputer le passage ; dans ce cas, ils laissaient au maréchal de Saxe la liberté de jeter des ponts sur la Meuse, et d'investir Maëstricht.

Sa Majesté commença par former l'ordre de bataille de son armée, pour la facilité des marches et le maintien de la discipline.

Le roi attacha au corps d'armée douze brigades d'infanterie et six de cavalerie ; il y joignit une réserve composée de la maison du roi, de la brigade des gardes, et des carabiniers.

Le comte de Clermont-Prince et le maréchal de Lowendal eurent chacun une division de quatre brigades d'infanterie et deux de cavalerie ; elles étaient destinées à camper sur les ailes de l'armée.

Un quatrième corps, qu'on forma de troupes légères, d'une brigade d'infanterie, et de deux de cavalerie, avait pour objet d'éclairer les mouvements des ennemis ; le commandement en fut donné au comte d'Estrées.

Dans les premiers jours de mars, les troupes françaises se mirent en marche, sans attendre ni les recrues ni les officiers absents par congé ; pour donner le change à l'ennemi, elles avaient ordre de se rendre sur la Nethe, la Dyle, ou dans le Hainault ; celles venant des évêchés furent arrêtées sur leurs routes, à Longwy, Montmédy, Carignan et Sédan.

Les alliés, ayant appris que les troupes françaises étaient sorties de leurs quartiers, se rassemblèrent en trois corps, sous Bréda, Eindoven et Maëstricht ; ils établirent des magasins dans la communication de leur droite à leur gauche ; ils chargèrent le comte de Chanclos de veiller à la sûreté de Maëstricht, et de faire, dans ses environs, une espèce de camp retranché, en tirant une ligne sur la rive droite de la Meuse, depuis la hauteur de Berg jusqu'à cette place.

Le maréchal de Saxe ayant reçu les derniers ordres du roi, arriva à Bruxelles, le 20 mars, sans paraître occupé de son projet, il préparait toutes choses pour son exécution.

Le maréchal de Lowendal devait avoir avec lui cinquante-neuf bataillons, vingt-neuf escadrons, les compagnies de Fischer et de Rosemberg. Ces troupes se mirent en marche le premier avril, sur six divisions.

La première, composée de vingt bataillons, de sept escadrons, d'une compagnie franche de cinquante hussards, d'un détachement de cinquante hommes du bataillon d'artillerie de Gaudéchar, et de six pièces de canon, partit de Longwy avec le comte de Saint-Germain.

La seconde division prit sa route par Montmédy ; elle était de douze bataillons et de sept escadrons, commandés par milord Tirkonel.

La trosième division, de six bataillons et de deux escadrons, s'assembla à Carignan, sous les ordres du marquis de Montmorin.

La quatrième division, conduite par le comte de Lorges, alla par Sédan ; elle était de cinq bataillons, et de quatre escadrons.

La cinquième division, assemblée à Givet, et de même force que la quatrième, se rendit sous le commandement du marquis de Mombarey, à Marche-en-Famine, où elle fut jointe par la sixième division, et d'où elles se portèrent, le 7, sur Viviers. Cette sixième division vint de Namur à Marche-en-Famine, sous les ordres du marquis d'Armentières ; elle s'était formée de onze bataillons et de cinq escadrons, avec quatre pièces de canon ; elle conduisit un convoi de pain pour les autres divisions.

On donna aux six divisions l'alternative de se porter sur Limbourg ou sur Vervier, suivant le plus ou moins de facilité pour arriver dans l'une ou l'autre de ces villes. On avait cependant observé aux commandants des divisions que Verviers était préférable, comme étant plus à portée d'un second convoi de pain qu'elles devaient recevoir par Liége.

Pour fixer l'attention des alliés du côté du Bas-Escaut, on travaillait à Anvers à un équipage de siège ; il en était resté, l'année précédente, un à Namur de cent pièces de canon ; ainsi il fallait bien moins de préparatifs sur la Meuse, où un travail assidu eût pu donner des soupçons. Le marquis de Rostaing, qui commandait l'artillerie dans Namur, avait ordre d'y rassembler, sous différents prétextes, les bateaux nécessaires pour transporter les munitions de guerre à Maëstricht. Il devait seulement voir venir de Metz à Namur vingt pièces de canon de campagne, et un équipage de bateaux sur haquets, sous l'escorte du bataillon de Royal-Artillerie de Gaudchart.

La marche des divisions de la rive droite de la Meuse inquiéta d'abord le maréchal de Neupberg, gouverneur de Luxembourg; mais, bien loin de songer à troubler la neutralité de ce duché, on y tint la plus grande discipline. Le comte de Saint-Germain, ayant trouvé, dans Arlon, un bataillon du régiment de ligne, le traita comme troupe neutre.

Le maréchal de Lowendal avait fait prendre par le chevalier de Soupir, aide-maréchal-général des logis de l'armée, des connaissances exactes du pays : sur son rapport, il logea, le 7, dans les environs de Verviers, avec la première, la cinquième et la sixième divisions; il alla camper, le 8, à Fléron, entre Verviers et Liége. Il y séjourna pour attendre la seconde et la troisième divisions; la quatrième resta quelques jours à Verviers, pour escorter les voitures de fourrages et de biscuits, qui n'avaient pu suivre les divisions.

Les troupes destinées pour la rive gauche de la Meuse, à l'exception de la brigade de la maison du roi, de celle des gardes, et de quelques régiments de cavalerie, arrivèrent, du 29 au 30 mars, dans les environs de Bruxelles. Elles y cantonnèrent; l'infanterie, le long de la Dyle et de la Nethe, jusqu'à Lier et Anvers; la cavalerie fut placée sur la Senne et sur la Dendre. Les officiers généraux qui avaient passé l'hiver dans les pays conquis furent chargés de la police de ces troupes; le marquis de Contades alla commander dans Lier.

Le projet de porter le fort de la guerre sur la Meuse demandait qu'on approvisionnât Berg-op-zoom; le marquis de Salières,

lieutenant-général qui commandait dans Anvers, et M. de Se-
chelles, intendant de l'armée, eurent ordre de faire rendre dans
Berg-op-zoom des vivres pour trois mois. Le maréchal de Saxe
voulut assurer cette opération en marchant à la tête des troupes
qui devaient escorter les convois. Il arriva à Anvers le 30 mars;
il publia, en y arrivant, que le maréchal de Lowendal devait
venir le joindre; mais il s'était rendu de Bruxelles à Namur
pour se mettre à la tête de son corps de troupes. Le maréchal
de Saxe mena son état-major à Anvers; il fit rendre les équipages du quartier-général à Malines, où une partie de l'artillerie de campagne était depuis quelques jours; ces dispositions
avaient pour objet de rassurer les alliés sur le projet d'assiéger
Maëstricht. Pour achever de les tranquilliser, le comte d'Estrées
et le duc de Broglio partirent, le 31 mars, avec quatre bataillons, cinquante escadrons, mille hommes des régiments de
Grassin et de la Morlière, et du canon pour se porter à Yteghen;
ils y passèrent la Nethe, le premier avril; ils se rendirent, ce
même jour, à Santhoven, et, le lendemain, à Calmpthout. Sur
l'avis que la compagnie franche d'Orange avait envoyé un détachement sur Breth, ils y marchèrent et firent des prisonniers.

Le maréchal de Saxe, étant arrivé à Anvers, écrivit au comte
d'Estrées de s'avancer dans les bruyères, afin de protéger les
deux convois destinés pour Berg-op-zoom; le marquis de Contades reçut le même ordre.

Le premier convoi, composé d'un trésor et de douze cent cinquante chariots de farine, partit d'Anvers, le 2 avril, à deux
heures du matin; Il fut escorté par deux bataillons de la brigade de la milice de Bergeret, quatre compagnies de grenadiers,
mille fusiliers et six pièces de canon, sous les ordres du marquis du Rouget, brigadier. Ce convoi alla coucher à Putte; il
arriva, le lendemain, à Berg-op-zoom. Ce premier convoi fut
suivi d'un second, de même nombre de voitures, qui se mit en
marche, le 3 avril, à deux heures du matin, avec une escorte
de même force que celle du premier : elle était commandée par
le comte de Montboissier.

Indépendemment de ces deux convois, un troisième de six cents chariots de pain alla joindre le corps du comte d'Estrées. Il y fut conduit par quatre compagnies de grenadiers, mille fusiliers et quatre cents chevaux, qui avaient à leur tête M. de Grassin, brigadier.

Le marquis de Contades s'étant mis en marche, le 2 avril, avec vingt bataillons, seize escadrons et dix pièces de canon, alla le même jour à Putte ; les comtes de Fitz-James, de Rooth et de la Marche, maréchaux-de-camp, étaient employés sous ses ordres.

Le maréchal de Saxe était parti d'Anvers à une heure du matin, il arriva au grand jour dans les bruyères de Putte ; le corps de troupes du marquis de Contades y était en bataille, sa gauche appuyée au moulin d'Hoogerheyde.

Le comte d'Estrées avait détaché le duc de Broglio avec deux compagnies de grenadiers, dix hommes par compagnie de fusiliers et deux pièces de canon, pour attaquer Nispen, qu'on assurait retranché : le duc de Broglio n'y trouva que des hussards, qu'il fit prisonnier.

Le maréchal de Saxe se tint longtemps sur une des dunes qui sont dans les bruyères près d'Hoogerheyde ; ne voyant point paraître d'ennemis, et informé que la tête du convoi arrivait à Berg-op-zoom, il fit partir le comte de Fitz-James avec la brigade irlandaise, pour retourner à Lier, où il devait recevoir de nouveaux ordres.

Puis il se rendit diligemment à Berg-op-zoom. Le comte de Courten, lieutenant-général, qui commandait, était sur les glacis de la place, occupé des arrangements convenables pour le prompt déblai des convois. Le maréchal de Saxe visita avec lui le front de l'attaque de Berg-op-zoom et la partie du rempart du côté de Stéenberg. Il alla ensuite au fort Frédéric, et s'embarqua pour Anvers, où il arriva ce même jour.

Le général avait jeté plusieurs ponts sur les rivières de Senne et de Dyle, tant pour la facilité de ses mouvements, que pour faire croire aux alliés qu'il voulait se porter sur les Nethes. M. de Séchelles, intendant de l'armée, y avait établi trois magasins de fourrages.

Les troupes françaises, cantonnées dans le Brabant, devaient former sept divisions. Cinq aux ordres des marquis de Maubourg, de Brezé, de Lautrec, de Graville et d'Estrées, étaient destinées à marcher sur Maëstricht ; les deux autres, commandées par le marquis de Contades et le vicomte du Chayla, devaient rester sur le Démer et sur la Dyle : il n'y avait dans celle du vicomte du Chayla que de la cavalerie qui n'eût pu subsister du côté de Maëstricht, faute de magasins.

Les corps de troupes du comte d'estrées et du marquis de Contades avaient été portés sur les Nethes, pour donner de l'inquiétude aux ennemis pour Bréda, et pour protéger le ravitaillement de Berg-op-zoom. Ces objets remplis, le marquis de Contades eut ordre d'aller par Malines et le long de la rive gauche du Démer ; le comte d'Estrées eut celui de marcher à Peer, pour y brûler les magasins que les ennemis pouvaient y avoir. Le comte d'Estrées devaient remonter le Démer par sa rive droite ; ces deux divisions protégeaient ainsi les mouvements des marquis de Maubourg, de Lautrec et de Graville, qui allaient par Tirlemont, Saint-Tron et Tongres. La division commandée par le marquis de Brezé prit sa route par Judoigne et Ladenfermé, d'où elle se rendit, par Horelle, au faubourg de Liége.

L'armée s'éloignant des places de la Flandre hollandaise et de l'Escaut, le maréchal de Saxe y laissa assez de troupes pour se donner le temps de venir à leurs secours, si l'ennemi les attaquait. La Flandre hollandaise fut gardée par sept bataillons et un régiment de dragons, sous les ordres du marquis de Fimarcon, lieutenant-général. M. de Lage, maréchal-de-camp, employé sous lui, donnait des inquiétudes aux Hollandais, au moyen de deux prames qu'ils faisaient construire à Rupelmonde, et dont il prétendait se servir pour faire une descente dans la Zélande.

Le comte de Courten avait douze bataillons dans Berg op-zoom.

Le comte d'Hérouville était dans Anvers, avec neuf bataillons et un régiment de cavalerie.

Malines était défendu par quatre bataillons.

Le maréchal de Saxe partit d'Anvers le 4 avril; il alla coucher à Tirlemont. La division du marquis de Maubourg s'y rendit ce même jour : elle était composée de vingt bataillons et de vingt escadrons, d'une brigade d'artillerie, des bataillons d'artillerie de Pumbeck et de Fontenay, et des équipages du quartier-général. Le marquis de Maubourg avait sous ses ordres le comte de Montesson, lieutenant-général, et le marquis de Relingue, maréchal-de-camp.

Le maréchal de Saxe marcha, le 5 avril, à Saint-Tron, avec la division du marquis de Maubourg. Il envoya, le lendemain au matin, dans Hasselt, M. de Planques, lieutenant-colonel du régiment des Cantabres, avec ce régiment et la compagnie des Croates. Le comte de Saxe se mit ensuite à la tête de l'avant-garde du marquis de Maubourg, composée du régiment des hussards de Bausobre, de dix compagnies de grenadiers, de cinq cents fusiliers, et d'une brigade d'artillerie. Il poussa les hus-sards de Bausobre sur Tongres, où ils ne trouvèrent personne. L'infanterie du marquis de Maubourg campa derrière Tongres, la droite au Jaar; la cavalerie fut adossée à la ville, faisant face au Démer; une brigade d'infanterie avec les hussards de Bau-sobre était en avant de Tongres sur le chemin de Maëstrich : une partie de l'artillerie garnit les remparts de Tongres; le reste fut placé entre cette ville et l'infanterie.

Le maréchal de Saxe séjourna le 7, à Tongres, pour y atten-dre la division du marquis de Lautrec. Cette division, formée de dix-neuf bataillons, de trente-un escadrons, d'une partie de l'artillerie de campagne et des pontons, était partie de Bruxelles le 4 avril; le marquis du Chatelet, lieutenant-général, et le chevalier d'Ailly, maréchal-de-camp, y étaient employés.

La division du comte de Lautrec étant arrivée à Tongres, le 7 avril, le maréchal de Saxe en partit, le 8, avec une avant-garde commandée par le marquis de Relingue, maréchal-de-camp, et composée des hussards de Beausobre, de deux mille grenadiers ou fusiliers, du régiment des carabiniers d'une brigade d'artillerie, des brigades de cavalerie Royal-Étranger et de Royal-Piémont. Cette avant-garde fut suivie des troupes des deux divisions marchant sur deux colonnes. Les pontons, l'artillerie et les équipages formèrent une troisième colonne : elle marcha dans le centre et sur la vieille chaussée, sous les ordres du marquis de la Roche-Aymon, lieutenant-général. Cent chevaux et trois compagnies de grenadiers faisaient l'avant-garde de chaque colonne : elles avaient à leur tête cent travailleurs, pour ouvrir les chemins qu'on n'avait pu reconnaître.

Le maréchal de Saxe se porta de Tongres à Sermaës, au-dessous de Maëstricht; il y trouva quelques bateaux, il s'en servit pour faire passer, de l'autre côté de la Meuse, quatre compagnies de grenadiers, et le lieutenant colonel du régiment d'infanterie de Royal. Cet officier occupa le château d'Opharen. Ce château, très-fort par lui-même, et sous le feu du canon de la rive gauche de la Meuse, était un poste essentiel pour protéger la construction d'un pont. Le maréchal de Saxe ordonna d'y travailler sur-le-champ; mais les pontons n'ayant pu arriver que tard, et la Meuse étant extrêmement rapide, toute l'activité de M. Thomassin, capitaine d'ouvriers très-entendu, ne permit d'achever le pont que le lendemain à midi. Ces difficultés insurmontables empêchèrent d'attaquer les troupes autrichiennes, cantonnées dans les environs de Maëstricht. Le comte de Chanclos eut le temps de les rassembler : il fit entrer dans Maëstricht un renfort de douze bataillons et de six cents chevaux; il se replia avec le reste de ses troupes par Sittard, sur Remonde.

Maurice de Saxe.   7

Les divisions des marquis de Maubourg et de Lautrec campèrent sur deux lignes, derrière le ruisseau de Lonaken ; la
droite à Smermaës ; la gauche vers le hameau de Confelt. La
cavalerie fut placé à la gauche de l'infanterie, à l'exception de
quelques régiments qui furent mis vers Kistelt et Montenaken,
pour masquer les portes de Notre-Dame et de Tongres ; on
établit le parc d'artillerie, partie proche de Smermaës, partie
près de Weltwesel. On laissa sur la hauteur de la rive gauche
de la Meuse, qui dominait le château d'Opharen, la brigade
d'artillerie qu'on y avait d'abord placée pour protéger le passage
de la Meuse.

Le maréchal de Saxe prit son logement dans l'abbaye d'Hoicten, qu'on couvrît de la brigade de Royal-la-Marine ; le quartier-
général fut établi à Petersen et à Lonaken.

La division du comte de Graville était partie de Malines, le
5 avril ; elle arriva, le 9, devant Maëstricth ; elle était composée
de sept bataillons, de vingt-quatre escadrons, et d'une partie de
l'artillerie de campagne. Le comte de Graville avait sous ses ordres le duc de Fitzjames et le comte de l'Aigle, maréchaux-de-
camp : il mit un bataillon dans Tirlemont, un dans Saint-Tron,
un dans Tongres, et un dans Bilsen. La division du marquis de
Lautrec avait laissé deux escadrons de dragons dans Tirlemont
et Saint-Tron, et un dans Tongres. L'objet de ces postes était
d'assurer la communication de Louvain à l'armée. La division
du comte de Graville occupa les intervalles qu'on lui avait
laissées sur la ligne : deux des bataillons qui vinrent avec lui
et le régiment des hussards de Beausobre allèrent loger dans
les villes et château de Reckem.

Le pont fait sur la Meuse, M. de la Valette, chef d'une brigade
du régiment des carabiniers, passa cette rivière à la tête d'un
détachement de mille hommes. Il envoya au camp les fourrages
que les alliés avaient rassemblés à Fauquemont ; ces fourrages
furent d'un grand secours, l'armée étant obligée de les faire
venir par charrois, de Louvain et de Bruxelles.

Le marquis de Brezé était parti, le 4 avril, de Wavre, il arriva, le 8, à Saint Walburge, faubourg de Liége, il y séjourna, le 9, pour attendre que le corps de troupes du maréchal de Lowendal fût à sa hauteur, afin de lui faire passer le convoi qui lui était destiné : il poussa ce même jour, 9, des détachements sur le fort Saint-Pierre. A leur approche, le commandant de Maëstricht fit rentrer dans sa place un petit corps de cavalerie qui campait sur le Lichtemberg.

Le marquis de Brezé avait sous ses ordres onze bataillons et dix-sept escadrons, il se porta, le 10, vis-à-vis le fort Saint-Pierre, et acheva d'investir Maëstricht par la rive gauche de la Meuse.

Le comte de Fitzjames avait reçu ordre, à son arrivée à Lier, de se rendre à Louvain; il en partit, le 8, pour Saint-Tron, avec le comte de Rooth, la brigade irlandaise, le régiment de Piémont et la brigade d'artillerie de Villepatou; il envoya de Saint-Tron à l'armée cette brigade d'artillerie, et se rendit sur le haut Démer, pour garder cette rivière, depuis Diepenbeek, jusqu'à Eygen-Bilsen. Il occupa en même temps les châteaux de Sangery et de Croonendaël; milord Clare, lieutenant-général, prit, peu de jours après, le commandement de cette nouvelle division, formée d'une partie des troupes destinées pour protéger l'Escault, où il n'y avait plus rien qui annonçât des projets d'attaque.

Le marquis de Contades s'était porté sur le Bas-Démer; il avait été joint par un renfort de sept bataillons; il fit marcher le régiment des Cantabres et la compagnie des Croates à Gélick.

Le vicomte du Chayla était toujours entre Bruxelles et Louvain avec cinquante escadrons.

Telle était la position des troupes françaises sur la rive gauche de la Meuse.

Le maréchal de Lowendal, ayant laissé dans Limbourg la

7.

compagnie de Fischer et le régiment des hussards de Rougrave, était allé camper, le 10, à Bombay, entre la Bervine et le Foron ; il arriva, le 11, à Opharen, au-dessous duquel il appuya sa gauche. Il ne put cependant bien former l'investissement de Maëstricht, sur la rive droite de la Meuse, que le 13 avril.

VIII

Que de réflexions intéressantes n'y a-t-il pas à faire sur l'investissement de Maëstricht, cet événement préparé avec tant de
secret, malgré la multiplicité des moyens qu'il fallut y employer! On y voit la nécessité du succès, établie sur des principes et des combinaisons infaillibles, une entreprise conduite et
ménagée avec cet art dont on ne connaît l'objet qu'après la
réussite ; une supériorité de génie et une pénétration, qui,
s'élevant au-dessus des difficultés, rendent possible ce qui ne le
paraissait pas ; ce coup-d'œil du grand capitaine qui, par la

justesse de son plan et la bonne harmonie de ses manœuvres, enlève à son ennemi ce qui faisait sa confiance. C'est de ces objets, qu'on ne saurait assez admirer, qu'un militaire doit s'instruire.

Le maréchal de Lowendal logea dans le château d'Opharen, pour être plus à portée des attaques de Maëstricht, dont la direction lui fut donnée. Il fit faire deux redoutes sur la Haute-Meuse, l'une entre le moulin de Gronsfelt et le camp; l'autre, entre ce moulin et les ponts que le marquis de Brezé avait établis. Ces deux redoutes devaient empêcher les parties de la ville de se glisser le long de la Haute-Meuse, et d'inquiéter les troupes qui y étaient campées.

Le comte de Saint-Germain ayant marché, le 11, à Fauquemont, avec une brigade d'infanterie, trois régiments de dragons et deux de hussards, M. de la Vallette se porta à Beeck vers Sittard, de l'autre côté de la Geule; il s'y rendit maître d'un magasin des fourrages des alliés. M. de Séchelles envoya chercher ces fourrages par les chariots du camp; comme ils ne furent pas suffisants pour les enlever, la cavalerie alla, le 13, chercher ce qui en restait; elle repassa la Meuse sur un second pont, fait à Smermaës. M. de la Vallette étant rentré avec les fourrageurs, on ne laissa, de l'autre côté de la Geule, que des partis d'infanterie, pour la sûreté des soldats qui allaient y faire les fascines pour les tranchées.

Le comte d'Estrées s'était rendu, le 11, à Zonhoven; il n'avait trouvé sur sa route que des hussards; il arriva, le 15, à Hasselt; il mit une partie de ses troupes en cantonnement sur l'Herck et sur les Gettes. Il envoya à Louvain et à Malines les détachements des régiments de Grassin et de la Morlière, qui l'avaient suivi; il fut chargé par le maréchal de Saxe de fortifier le Haut-Démer, depuis Hasselt jusqu'à Eygen-Bilsen.

Pour mettre plus de règle dans la composition de l'armée, le maréchal de Saxe forma les brigades suivant l'ordre de bataille. Les troupes n'avaient d'abord marché que sur le pied de quatre cents fusiliers par bataillon, et de cent maîtres par escadron et sans bagages ; le surplus des hommes et les équipages rejoignirent leurs corps.

Le duc de Cumberland était arrivé à Ruremonde ; il rassembla les troupes autrichiennes et anglaises derrière la Roër ; et prit son logement dans le château de Wildenradt. Il envoya le comte de Puebla dans Maëseyck, et le général Collovrath, du côté de Brey, pour sa communication avec Bois-le-Duc, où étaient les Hollandais. Le bruit général était qu'il se disposait à attaquer l'armée française, et qu'il n'attendait qu'un renfort, que le prince de Wolffembutel lui menait de Bréda ; le maréchal de Saxe fit les dispositions convenables pour le bien accueillir. Ayant jugé, par la visite des bords de la Geule jusqu'à Gulpen, qu'il était impossible de marcher à lui par la rive droite de la Meuse, il établit sa ligne de défense derrière le ruisseau de Lonaken : cette ligne fut formée de vingt-trois redoutes, dont il donna lui-même le plan, et à la construction desquelles on employa jusqu'à la cavalerie. Chacune de ces redoutes devait contenir un bataillon et quatre pièces de canon ; elle avait son chemin couvert, palissadé, et la cuve de son fossé, d'ailleurs très-profond, était parsemée de puits. A l'exception de douze bataillons, pour la protection des tranchées et d'un bataillon par redoute, le reste de l'infanterie devait être sur quatre divisions en arrière des redoutes, et disposé en colonne, pour se porter plus promptement où besoin serait. La cavalerie était destinée à être sur plusieurs lignes derrière l'infanterie ; quatre régiments seulement de cavalerie devaient masquer le fort Saint-Pierre et la porte de Vick. Le poste de dragons était près du moulin de Monpertin, avec ordre de mettre pied à terre, et de se jeter dans ce village, si le cas l'exigeait. On devait continuer d'occuper les châteaux de Reecken, de Sangery, de Croonendaël, les redoutes et le village d'Eygen Bilsen, le cimetière et les deux censes du village de Lonaken, et le château de Petersen. Six pièces de canon, de vingt-quatre, étaient destinées pour ce château, et deux pour celui de Reeken, défendu par le régiment des Cantabres. La compagnie de Fischer et celle des Croates devaient veiller sur la rivière de Geule.

La brigade des milices de Pandrau avait ordre de garder Tongres et Hasselt. Les régiment de Grassin, de la Morlière et des volontaires bretons, étaient chargés de la défense du Démer.

Les pièces de canon de campagne non employées dans les redoutes ou dans le corps de réserve étaient partagées en quatre divisions ; dont deux pour les deux corps d'infanterie de la droite, et deux pour ceux de la gauche.

La grosse artillerie qui ne servait pas au siége ou ailleurs avait sa destination entre les redoutes, à l'exception de douze pièces qu'on se proposait de placer sur la rive droite de la Meuse, près du village d'Itteren.

Ces dispositions arrêtées, le marquis de Contades s'avança avec sa cavalerie sur la Velpe, celle du vicomte du Chayla occupa l'entre-deux de la Velpe et de la Senne. Le comte de Saxe leur envoya, ainsi qu'au comte d'Estrées, un projet de marche, pour le joindre au premier avis que les ennemis auraient passé la Meuse.

Le maréchal de Saxe, s'étant décidé à attaquer Maëstricht par les deux côtés de la Basse-Meuse, la tranchée fut ouverte devant cette place, la nuit du 15 au 16 avril, par six mille travailleurs, dont quatre mille, conduits par MM. du Portal, Franquet et de Chaville, brigadiers d'ingénieurs, exécutèrent, à la grande attaque, plus de deux mille toises de parallèle, et quinze cents toises de communications. Ce travail fut soutenu par huit bataillons et huit compagnies de grenadiers auxiliaires, aux ordres du marquis de Maubourg, lieutenant-général, et du comte de Montmorency-Logny, maréchal-de-camp.

Deux mille travailleurs, conduits par M. de Lambert, brigadier d'ingénieurs, firent, à l'attaque de Vick, sept cents toises de parallèle et six cents de communications, sous la protection de quatre bataillons, aux ordres du marquis de Relingue, maréchal-de-camp. L'attaque de la droite appuya sa gauche à la Meuse, sa droite fut portée sur la hauteur, proche le chemin de Tongres ; cette droite n'ayant aucun appui, on la ferma par une redoute.

L'attaque de la gauche avait sa droite à la Meuse, sa gauche au village de Leumel ; cette attaque n'avait pour objet que de donner des revers sur les ouvrages de l'attaque de la droite.

Le maréchal de Saxe et le maréchal de Lowendal assistèrent à l'ouverture de la tranchée ; elle se fit sans confusion et sans essuyer le moindre feu de l'ennemi.

La partie de la rive droite de la Haute-Meuse, près d'Oost Esden, où étaient les ponts, n'étant pas suffisamment gardée les jours qu'on en tirait des troupes pour les tranchées, deux régiments de dragons y furent envoyés.

Le maréchal de Saxe, toujours attentif à soulager les soldats fatigués, tant par les travaux du siège que par les autres corvées indispensables, fit rendre devant Maëstricht un renfort de neuf bataillons ; ils furent placés à la gauche de la seconde ligne près de Weltwesel. Le régiment de Piémont en était ; il fut relevé à Diepenbeeck, sur le Démer, par deux bataillons de ra brigade de Pandrau, qu'on sortit de Saint Tron et de Tirlemont.

La compagnie de Fischer s'étant avancée à Rolduc, elle avait été relevée à Limbourg par le régiment des Cantabres et par la compagnie des Croates. Un détachement de la brigade irlandaise remplaça les Cantabres à Gélick.

Un parti à pied de l'armée française avait pris quelques hussards ; l'officier qui le commandait voulut en poursuivre d'autres jusqu'auprès de Sittard ; il s'aventura et fut fait prisonnier avec sa troupe.

La nuit du 17 au 18 avril, les assiégés, sous les ordres du prince d'Aremberg, firent, à une heure après minuit, une sortie de huit cents hommes, sur les travailleurs de l'attaque de la Meuse ; ils y mirent d'abord du désordre, et comblèrent soixante toises de la seconde parallèle ; les grenadiers ayant marché à eux, ils se retirèrent : il y eut de part et d'autre des prisonniers, qu'on se renvoya le lendemain.

La brigade des gardes arriva devant Maëstricht, du 20 au 24 ; son camp fut marqué près de la droite de l'attaque.

Le 21 au matin, cent cinq bouches à feu tirèrent sur Maëstricht ; le maréchal de Saxe s'était rendu à la tranchée pour se trouver au début de cette nombreuse artillerie ; une partie de ce feu prenait à ricochet les ouvrages de la place, depuis le bastion d'Orléans jusqu'à celui du Roi.

Il s'éleva, le 22, un ouragan si affreux, qu'on fut, dans la tranchée dans l'eau jusqu'aux genoux ; ce qui, joint à la quantité de neige qui tomba, fit passer aux troupes de tranchée une des plus cruelles nuits qu'on puisse s'imaginer. Le maréchal de Saxe, sensible à leurs souffrances, donna des ordres pour qu'on leur distribuât de l'eau-de-vie.

La rapidité de l'eau de la Meuse ayant augmentée par violence du vent, les cordages des pontons de la Basse-Meuse rompirent ; on n'eut pendant cinq jours des communications avec le maréchal de Lowendal, qu'au moyen d'un pont volant, que le maréchal de Saxe fit faire sur-le-champ. Pour prévenir de pareils accidents, il ordonna la construction d'un pont de bateaux.

Le maréchal comte de Bathiany détacha, le 25, quatre mille
hommes d'infanterie et mille chevaux, aux ordres du comte de
Grune, général d'infanterie et du général major Sincère. Ils
s'avancèrent à Juliers et poussèrent jusqu'à Guelpen un corps
de troupes légères, qui obligea la compagnie de Fischer à abandonner ce poste.

Le maréchal de Saxe fut d'abord incertain de l'objet de ce
détachement ; il ne tarda pas à être informé qu'il n'avait d'autre
but que de protéger la jonction de l'artillerie autrichienne qui
venait de Keyserswert sur le Bas-Rhin, sous l'escorte d'un bataillon du régiment d'Arhberg.

La nuit du 27 au 28, vers les trois heures du matin, les assiégés firent une sortie à l'attaque de Vick, de mille hommes
d'infanterie; ils se portèrent sur la parallèle, sous la protection
de trois cents chevaux ; ils pénétrèrent dans deux batteries par
les embrasures, et enclouèrent treize pièces de canon, mais si
précipitamment, qu'elles furent en état de tirer dans la journée.
Les troupes de tranchée, ayant marché aux batteries, tuèrent
ou blessèrent quarante hommes des ennemis. Le baron de
Vutzbourg, major du régiment de Bareit, fut du nombre des
blessés ; les assiégés se présentèrent dans ce même moment à
l'attaque de la droite, ils y furent repoussés.

Pour disputer plus longtemps les approches de Maëstricht,
les assiégés avaient fait, sur le front de l'attaque de la droite,
trois flèches en avant des angles saillants du chemin couvert :
l'attaque de celle de la gauche fut faite le 29, à neuf heures du
soir, sous les ordres du comte de Graville, lieutenant-général,
et du comte de Mallebois, maréchal-de-camp, par deux compagnies de grenadiers du régiment de la Tour-Dupin, et trois de
celui de la Couronne, soutenues de celles des régiments de
Rohan et d'Alsance. Ces troupes se logèrent sur l'angle saillant
de la gauche du chemin couvert de l'ouvrage à corne; on en-

toura la flèches par un boyau de communication de droite et de gauche, malgré le grand feu du rempart et des ouvrages.

L'attaque de la flèche de la droite eut lieu, la nuit suivante, par les compagnies de grenadiers des régiments d'Auvergne, de Rohan et de La Fère, soutenues de celles des régiments de Bassigny et de Fleury ; la flèche fut emportée et le logement établi. Les assiégés, ayant fait jouer une fougasse deux heures après l'attaque, s'avancèrent tout de suite, pour chasser les Français de leur logement ; mais cette tentative fut sans succès. Cette attaque fut commandée par le comte de Rooth, maréchal-de-camp ; elle devait l'être par le marquis de Bissy, lieutenant-général de tranchée ; mais, s'étant avancé, environ vers les quatre heures après-midi, à la tête de la sappe, il avait eu la jambe fracassée par un éclat de bombe : cet officier mourut de sa blessure, à l'abbaye d'Hoicten, où il est enterré. Il avait beaucoup de zèle et de talents pour la guerre ; sa destination était d'abord pour l'armée d'Italie, dont il devait commander la cavalerie ; mais, par une de ces fatalités qu'on ne saurait définir, les circonstances changèrent cette première disposition. Il écrivit au maréchal de Saxe, pour être employé sous lui : ce général, l'ayant demandé, il partit en poste sans équipages : à peine fut-il arrivé, que, son tour de tranchée étant venu, il fut la dernière victime de cette guerre.

La nuit du 3 au 4 mai, on prolongea le couronnement du chemin couvert de l'ouvrage à corne, et on continua ce travail, partant de gauche de la flèche droite ; ce qui réduisit l'ennemi à abandonner la flèche du centre.

En même temps que le maréchal de Bathiany avait occupé Rolduc, toutes ces compagnies franches s'étaient établies à Sustendael, sur le rivage de la Meuse. Le maréchal de Saxe, ayant résolu de les y enlever, fit marcher, le 2 mai, à l'entrée de la nuit, le duc de Fitzames, avec huit compagnies de grenadiers de la brigade irlandaise, et six cents chevaux ; M. de Beausobre se porta en même temps sur Stochen, avec quatre cents hussards, pour leur couper la retraite sur Maëseyck. Le commandant de ces compagnies eut avis de ces mouvements ; il se retira avant qu'on pût le joindre.

IX

Les approches du chemin couvert de Maëstricht exigeaient
qu'on allât pied à pied, par rapport aux galeries de mines qui
le protégeaient, et à la nombreuse garnison, dans le cas de le
défendre; le maréchal de Saxe n'en voulait faire l'attaque que
quand les têtes de sappe en seraient à portée, les débouchés
élargis, et les anciens ouvrages perfectionnés. Tout lui paraissant
dans cet état, le 4 au matin, il donna les ordres nécessaires
pour exécuter cette entreprise à l'entrée de la nuit. M. de Cla-
moux, capitaine du régiment de Champagne, devait, pendant
l'attaque, tenter, avec des volontaires, l'enlèvement de la lunette

de l'ouvrage à corne, dont la brèche était susceptible d'assaut ; mais à midi, le lord Sackville, aide-de-camp du duc de Cumberland, arriva à l'abbaye d'Hoichten, avec une lettre de ce prince, où il donnait avis au maréchal de Saxe que les préliminaires de paix venaient d'être signés à Aix-la Chapelle : il lui proposait en même temps de lui rendre Maëstricht, s'il voulait accorder à la garnison les honneurs de la guerre.

Le baron d'Aywa, gouverneur de Maëstricht, ne jugea pas que la lettre du duc de Cumberland fût une autorité suffisante pour lui faire rendre une place qui lui avait été confiée par les États-Généraux : il demanda un délai de quarante-huit heures, pour envoyer à Bréda savoir les intentions du prince d'Orange. Le général-major comte de Vied en étant revenu, avec les ordres au baron d'Aylwa de rendre Maëstricht, le drapeau fut arboré, et la capitulation fut signée le 7 : elle portait que la garnison sortirait avec les honneurs de la guerre, et sans chariots couverts ; mais que, par considération particulière pour le baron d'Aywa, commandant de la place, et pour le baron de Marshal, commandant des Autrichiens, ils pourraient emmener, l'un et l'autre, quatre pièces de canon et deux mortiers.

Le comte de Guerchy ayant porté au roi la nouvelle de la prise de Maëstricht, Sa Majesté le nomma lieutenant-général ; elle donna le même grade à M. de Crémilles.

La garnison de Maëstricht sortit le 10, et défila devant le maréchal de Saxe : elle était composée de vingt-quatre bataillons et de six cents chevaux. Les Autrichiens avaient à leur tête le baron de Marshal, lieutenant-général, et le prince d'Aremberg, général-major ; ils allèrent à Maëscyck. Les Hollandais, conduits par le baron d'Aylwa, prirent la route de Bois-le-Duc. Le maréchal de Lowendal entra dans Maëstricht pour y commander.

Dès l'instant de la réception de la lettre du duc de Cumberland, le maréchal de Saxe avait dépêché un courrier au comte d'Argenson : ce ministre lui ayant fait passer les ordres du roi pour la publication d'un armistice, le maréchal de Saxe envoya le comte de Frise, son neveu, à l'armée des alliés pour convenir du jour où elle aurait lieu dans les deux armées ; on la fixa au 14 mai ; elle se fit, ce jour-là, à la tête de chaque corps.

Le marquis de Mesnil, maréchal-de-camp, s'étant rendu à Maëseyck, travailla avec un officier-général des troupes alliées, à la ligne des limites. Il fut réglé que celle des troupes françaises prendrait à la hauteur de Berg-op-zoom, passerait en-dehors du Putte et de Chapelle, et tomberait sur Lier, d'où longeait la Nethe jusqu'à Ytéghem; elle irait à Aerschot gagner le Démer, qu'elle remonterait jusqu'à Munter-Bilsen, pour aboutir, par Gélick, à Réeckem; la rivière de Geule devait servir de limite pour la droite de la Meuse.

Toutes les opérations militaires ayant cessé jusqu'à ce qu'il en fût autrement ordonné, les généraux des deux armées ne songèrent qu'à mettre leurs troupes dans des positions commodes pour les subsistances.

Les troupes à la solde d'Angleterre prirent la route d'Erp; elles cantonnèrent dans les environs de Bois-le-Duc; les Autrichiens s'établirent à Boxtel.

Les troupes du roi campées sous Maëstricht se mirent en marche, du 16 au 20 mai, pour aller sur le Démar et sur la Dyle; leur droite aux Gettes, leur gauche à la Dendre.

Le maréchal de Saxe laissa sur la Meuse toutes les troupes légères, et la division du maréchal de Lowendal; les dragons, ayant été compris dans son commandement, occupèrent les villages entre Mons et Namur.

Le corps de troupes qui, suivant l'ordre de bataille, devait être aux ordres du comte de Clermont-Prince, se rendit à Anvers pour fermer la gauche. Le comte d'Estrées, dont la division fut augmentée du régiment des volontaires bretons, se plaça en avant de Ruppel, à Lier et dans les environs.

La maison du roi et la gendarmerie restèrent dans leurs cantonnements de Gand, d'Oudenarde, d'Ath et de Mons.

La brigade des gardes entra dans Bruxelles; le maréchal de Saxe y arriva, le 19 mai, avec son état-major.

Les officiers-généraux se tinrent à leurs divisions; les brigadiers avaient ordre de leur rendre un compte exact de tout ce qui se passait dans les quartiers : on devait y veiller au maintien de la discipline et faire exercer les troupes. La livraison des fourrages fut réglée, avec défense aux communautés d'en donner au-delà de la quantité ordonnée par l'intendant de l'armée.

Le comte d'Argenson ayant appelé auprès de lui, dans les premiers jours de juin, M. Crémilles, maréchal-général-deslogis de l'armée, le chevalier d'Espagnac fut chargé provisionnellement de ses fonctions, qu'il continua jusqu'à l'entière évacuation des pays conquis.

Le maréchal de Saxe profita de ce temps de repos pour aller à Compiègne faire sa cour au roi ; de retour à Bruxelles, il fit partir, dans les premiers jours d'août, tous les dragons pour les évêchés.

Dans la nuit du 18 septembre, quarante-un bataillons rentrèrent en France ; cent dix escadrons, vingt bataillons et les deux équipages d'artillerie de siége qui étaient dans Maëstricht ne tardèrent pas à prendre la même route.

Le traité de paix définitif fut signé, le 18 octobre, à Aix-la-Chapelle. Le maréchal de Saxe était à Fontainebleau ; il supplia le roi de le dispenser de retourner dans les Pays-Bas. Le roi nomma le vicomte du Chayla pour y commander ; il devait aussi, avec M. de Séchelles, conseiller d'État et intendant de l'armée, remettre les pays conquis au comte de Brune et au baron de Burmania, commissaires-députées pour les recevoir au nom de Sa Majesté l'impératrice-reine et des États-Généraux.

Le roi de France, aussi empressé de concourir à l'exécution du traité de paix qu'il avait montré de désintéressement en promettant de rendre toutes ses conquêtes, fit sortir ses troupes, dans les dix premiers jours de décembre, de Ber-op-zoom, des forts de l'Escaut, d'Anvers, de Lier, de Maëstricht et du pays de Limbourg. La cession des autres places devait continuer avec la même célérité ; des difficultés survenues au sujet des alliés de la France la firent différer. Les Français ne quittèrent le Brabant, la Flandre Impériale, les villes maritimes et le comté de Namur que du 23 janvier au 10 février ; le Hainault Autrichien ne fut remis que le 24 février.

La paix faite, le maréchal de Saxe n'eut plus qu'à jouir de sa gloire et des bienfaits du roi ; il obtint l'agrément de faire venir son régiment de cavalerie légère à Chambord. Ce régiment ayant passé par Paris, le roi en fit la revue dans la plaine des Sablons. Le maréchal de Saxe était en uniforme à la tête de cette troupe ; le roi et la famille royale parurent satisfaits des différentes évolutions que ce corps exécuta en leur présence ; presque tout Paris s'y trouva.

X

L'île de Tabago, une des Antilles, est située dans l'Amérique septentrionale, et au nord de l'île de la Trinité ; elle a appartu à différentes nations, qui l'ont successivement abandonnée ; il est vrai qu'elle est peu étendue, et que son sol, aride et pierreux, est peu propre à aucune espèce de culture. Le maréchal de Saxe s'était fait rendre compte de son climat et de son terroir ; il crut la paix favorable pour en avoir la propriété ; il en fit la demande au roi, qui voulut bien la lui accorder. Comme il se disposait à y envoyer des colons, l'Angleterre et la Hollande s'opposèrent à cet établissement. L'objet ne méritait pas les dis‹

cussions qu'il aurait pu occasioner, le maréchal de Saxe y renonça. N'ayant plus rien qui l'occupât, il résolut d'aller en Saxe, où il avait des affaires à régler; il fut accueilli de la cour de Dresde avec des marques de bontés particulières. Le roi de Prusse, à qui il alla présenter ses hommages à Berlin, le reçut avec autant de distinction qu'un prince souverain; ce monarque le retint auprès de sa personne le plus qu'il lui fut possible. « J'ai vu ici, écrivait le roi de Prusse, le héros de la France, ce Saxon, ce Turenne du siècle de Louis XV : je me suis instruit par ses discours dans l'art de la guerre : ce général paraît être le professeur de tous les généraux de l'Europe. »

Le maréchal de Saxe, de retour à Paris, fut consulté par le comte d'Argenson sur les changements qu'on se proposait de faire dans les manœuvres de l'infanterie; il se rendit à l'Hôtel Royal des Invalides, pour voir le maniment des armes des différents détachements qu'on y avait rassemblés. La lettre qu'il écrivit à ce sujet faisait l'éloge du zèle et des connaissances des officiers qui avaient instruit ces détachements; il y convenait de la nécessité de donner aux troupes la meilleure méthode de s'exercer; mais il ne dissimulait pas au ministère de la guerre que ce choix n'était pas une chose indifférente, et qu'il fallait une application continuelle et plusieurs années de paix, pour retirer quelque fruit du projet qui serait adopté.

Le maréchal de Saxe menait la vie la plus convenable à ses goûts; le roi lui avait fait construire à Chambord un corps de casernes pour son régiment de cavalerie : cette troupe y faisait le service comme dans une place de guerre; elle était d'ailleurs tenue dans la discipline la plus exacte. Le maréchal de Saxe assistait souvent à ses évolutions, et récompensait les hommes qui se distinguaient. Il avait à Chambord un très-bel haras, et une ménagerie. Il s'y occupait de tous les ouvrages de mécanique qui frappaient son imagination. Six pièces de canon sur leur affût, qu'il avait enlevées aux ennemis de la France, ornaient la principale entrée du château de Chambord; cinquante hommes de son régiment, avec un étendard, montaient la garde à cette première porte; les murs de droite et de gauche de son antichambre étaient décorés de seize drapeaux ou étendards des différentes nations qu'il avait battues; ces drapeaux et étendards étaient couronnés de deux paires de timbales, prises sur les Anglais et les Hollandais. Ses plaisirs étaient diversifiés par la chasse, par des promenades sur l'eau et par une musique excellente. Il allait aussi quelquefois à la Grange et aux Pipes, maisons de campagne qu'il avait près de Paris. Estimé des étrangers, aimé des Français, comblé des grâces du roi, en recevant des distinctions marquées toutes les fois qu'il faisait sa cour; au faîte des grandeurs, n'ayant rien à désirer, ayant à sa disposition tous les amusements capables de le flatter, jouissant d'une santé robuste et bien constituée, tout lui annonçait une carrière longue et délicieuse, lorsqu'une fièvre putride l'enleva, le 30 novembre 1750, après neuf jours de maladie, n'étant âgé que de cinquante-quatre ans, un mois et douze jours. Il se vit mourir avec cette fermeté qu'il avait montrée dans tant d'occasions périlleuses. Le roi ayant envoyé à son secours M. de Sénac, son premier médecin, très-attaché au maréchal de Saxe, et qui l'avait suivi pendant quatre campagnes: *Docteur*, lui dit-il un moment avant sa mort, *la vie n'est qu'un songe; le mien a été beau, mais il est court.*

Le roi fut très-touché en apprenant la mort du maréchal de Saxe; ce prince déclara qu'il venait de faire une grande perte.

La reconnaissance lui mérita les regrets de la France; ses belles actions lui valurent ceux de toute l'Europe.

Limoges. — Imp. Marc Barbou et Cie.

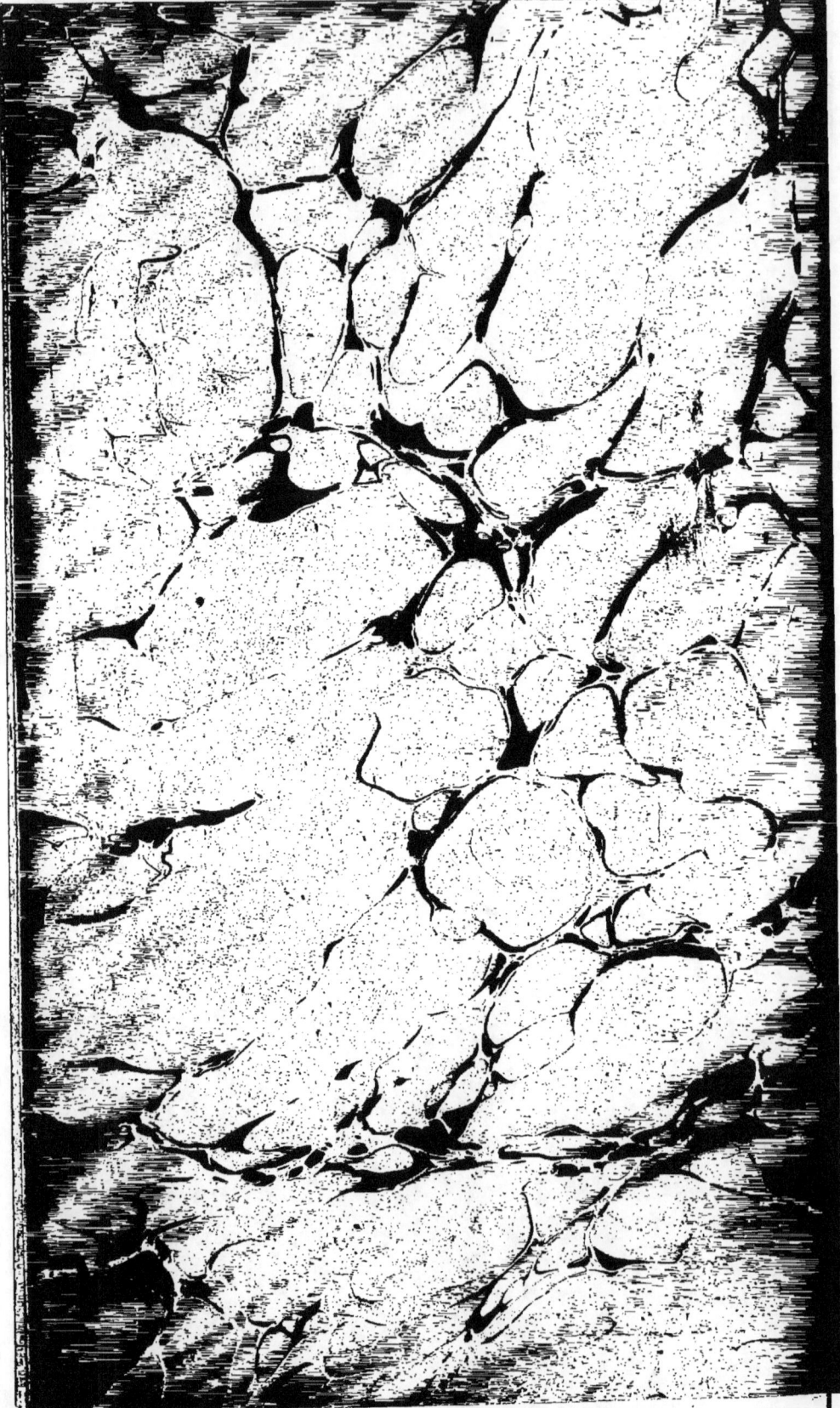

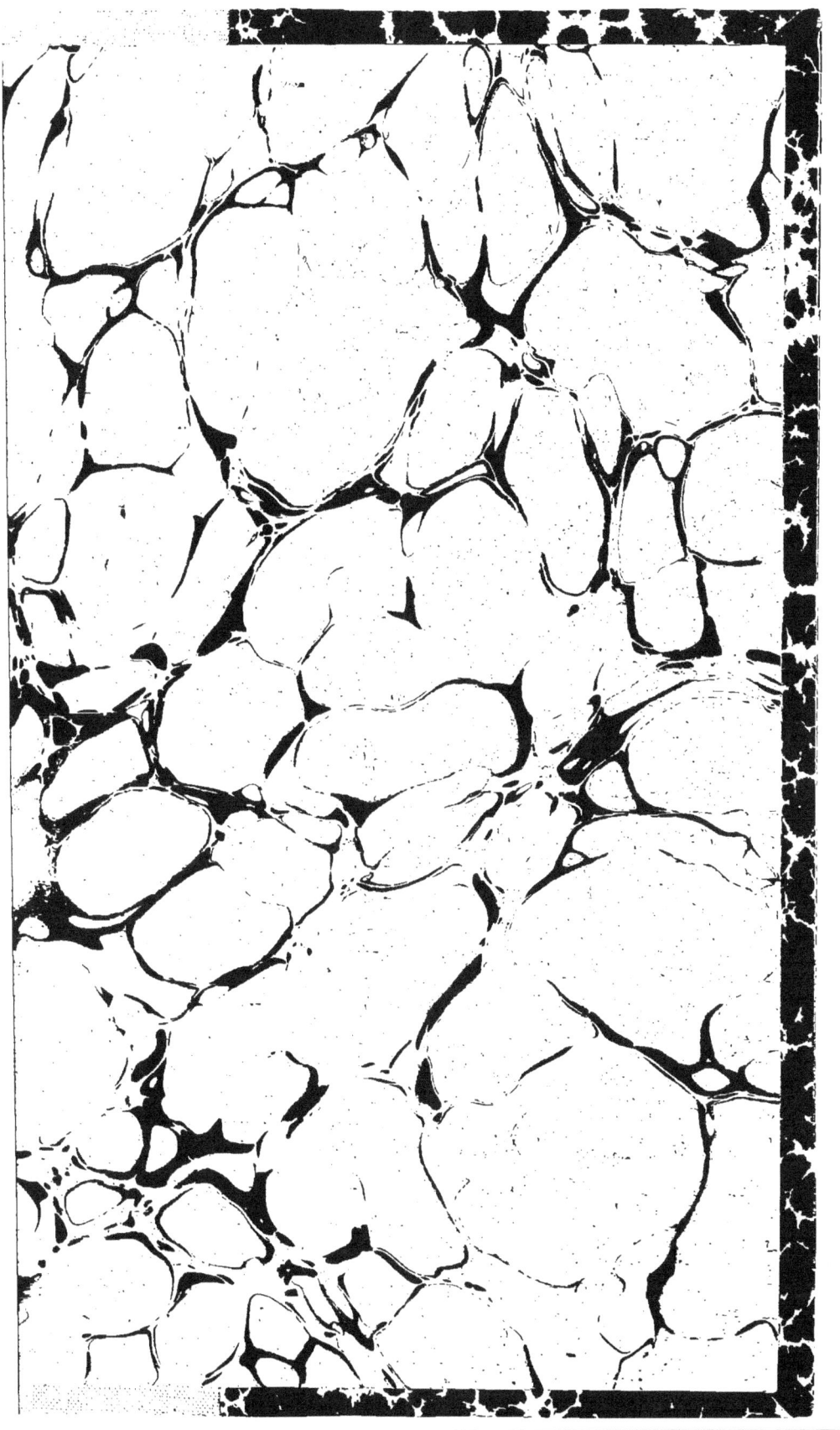

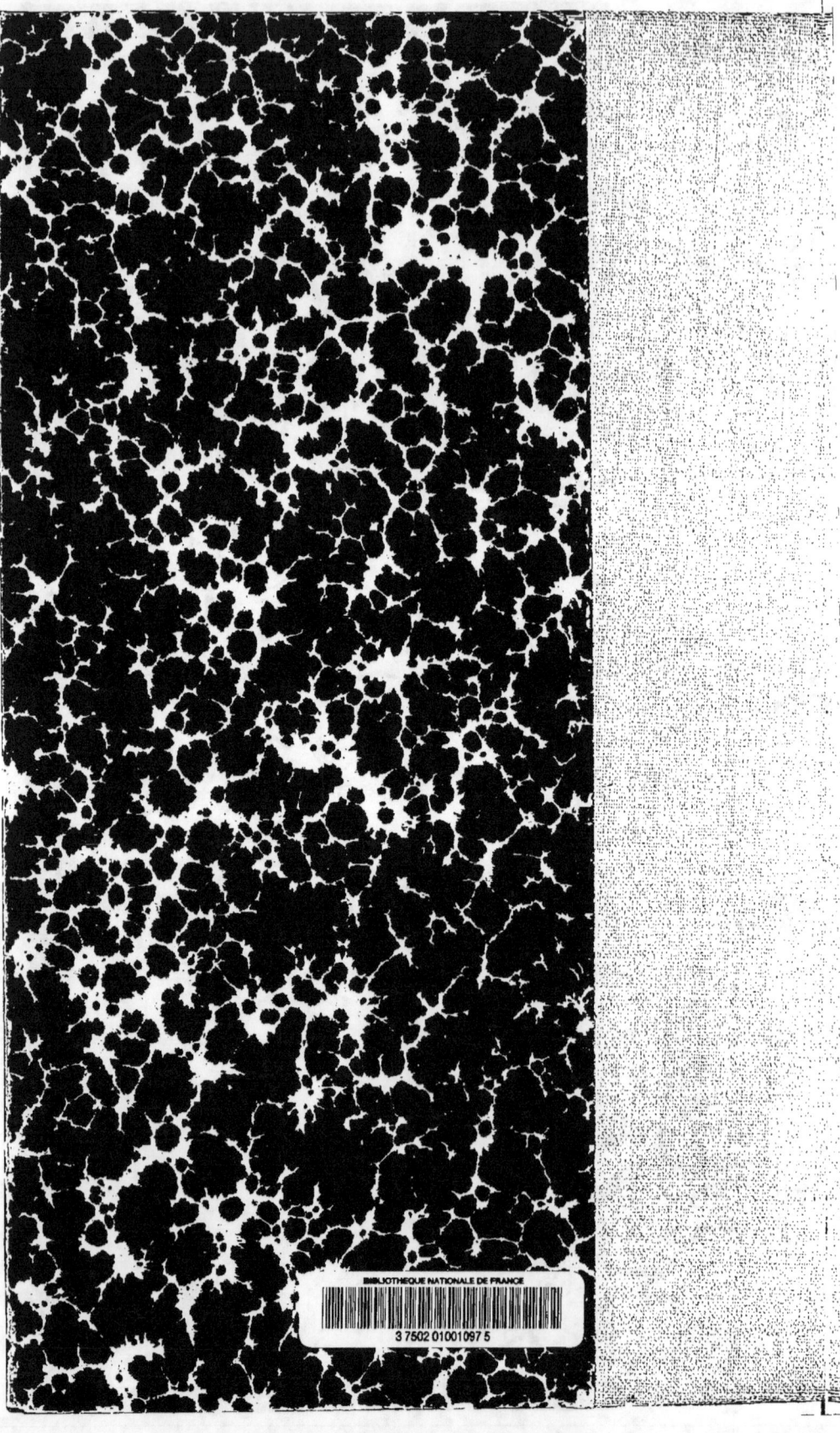